JN064581

小説「雪原に咲く」

幕末アイヌ墓地盗掘事件始末

不破　裕
Yu Fuwa

明日香出版社

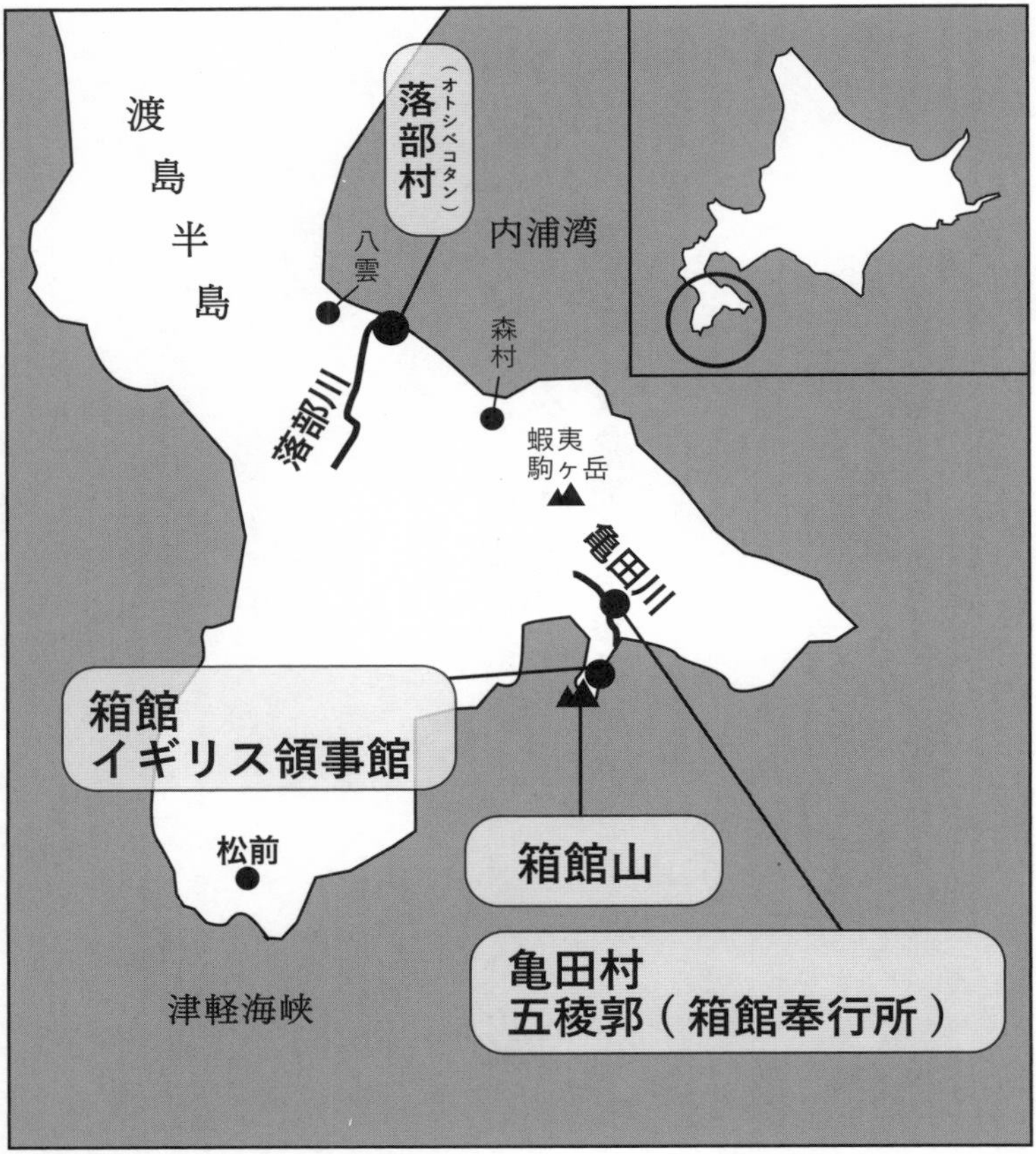

本作の舞台となった北海道の地域

小説「雪原に咲く」 目次

※年号（太陰太陽暦）と西暦（太陽暦）には一か月前後のずれがあり必ずしも一致しないが、読者の混乱を避けるため本書では同一とした。

【主な登場人物】

○イカシバ――アイヌ集落オトシベコタンの青年。後の弁開凧次郎。亡き父ペンケイは前コタンコロクル
○小出大和守秀実――箱館奉行。江戸生まれの幕府旗本
○リキノ――アイヌ集落オトシベコタンの青年でイカシバの幼馴染。後の有櫛力蔵
○イナワニ――オトシベコタンの現コタンコロクル
○イタキサン――オトシベコタン・コタンコロクルの年長の補佐役
○トリキサン――オトシベコタン・コタンコロクルの補佐役
○橋本悌蔵――箱館奉行所組頭勤方与力
○折原林之丞――箱館奉行所徒目付
○チハ――イカシバの妻。リキノの妹
○平次郎――落部村年寄。村役人
○ハワード・F・ワイス――在箱館イギリス領事
○アルフレッド・ハウル――在箱館ポルトガル領事。イギリス人
○ヘンリー・トローン――アイヌ人骨盗掘事件主犯格容疑者。イギリス領事館所属イギリス人

○ジョージ・ケミッシュ――同容疑者。同所属イギリス人
○ヘンリー・ホワイトリー――同容疑者。イギリス人。ロシア病院所属
○岩吉――アイヌ人骨盗掘現場事件目撃者。落部村百姓
○久助――アイヌ人骨盗掘現場事件目撃者。落部村漁師。岩吉の幼馴染
○庄六――アイヌ人骨盗掘事件証人。落部村旅籠屋
○庄太郎――イギリス領事館小使
○手嶋巌――箱館奉行所支配幕吏。元小出大和守家臣
○喜多野省吾――箱館奉行所調役
○エリシャ・E・ライス――在箱館アメリカ貿易事務官（領事扱い）
○ロベルソン――イギリス領事館書記官
○エフゲニー・ビュッツォフ――在箱館ロシア領事
○ハリー・パークス――在日本イギリス公使
○オカホ――アイヌ集落オトシベコタンの少年。後の板切是松
○弁開勇吉――弁開凧次郎（イカシバ）息子
○村岡格――森村町医者
○三神定之助――帝国陸軍少尉

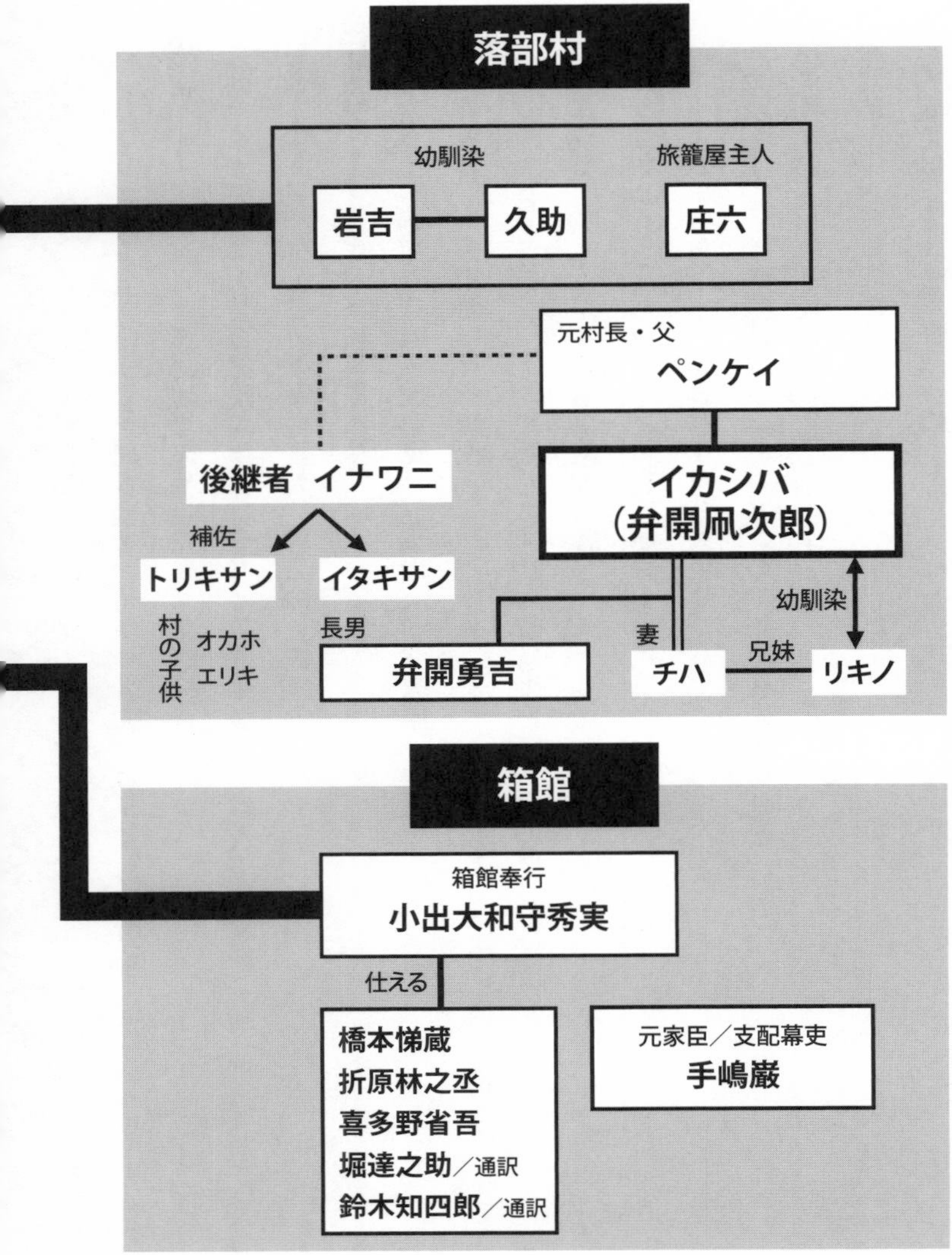
落部村
幼馴染
旅籠屋主人
岩吉
久助
庄六
元村長・父
ペンケイ
後継者　イナワニ
イカシバ
（弁開凧次郎）
補佐
トリキサン
イタキサン
村の子供
オカホ
エリキ
長男
弁開勇吉
妻
チハ
兄妹
リキノ
幼馴染
箱館
箱館奉行
小出大和守秀実
仕える
橋本悌蔵
折原林之丞
喜多野省吾
堀達之助／通訳
鈴木知四郎／通訳
元家臣／支配幕吏
手嶋巌

外国人側

アイヌ墓地盗掘事件　犯人

ヘンリー・トローン
ジョージ・ケミッシュ
ヘンリー・ホワイトリー
小使　庄太郎
小使　長太郎

← **目撃**

在日本イギリス公使（横浜）

ハリー・パークス

箱館イギリス領事

ハワード・ワイス

← **追求**

書記官

ロベルソン

ポルトガル領事

ハウル

アメリカ領事（扱い）

エリシャ・ライス

ロシア領事　ロシア病院管理

エフゲニー・ビュッツォフ

【作中の主なアイヌ語彙】

○コタン——村、集落
○シサム、シャモ——和人
○カムイ——神、魂
○アイヌモシリ——蝦夷地、北海道
○パコロカムイ——疱瘡神、疱瘡、天然痘
○ウタリ——同胞、仲間
○コタンコロクル——長、村長
○エカシ——長老、老人
○チセ——家、屋敷
○アットゥシ——民族服、樹皮衣、袷
○セタ——犬
○チロンヌプ——キタキツネ
○キムンカムイ——ヒグマ
○コタンコロカムイ——フクロウ
○プクサ——行者ニンニク、臭いもの
○レラカムイ——風の神
○アペフチカムイ——火の神
○チャランケ——談判、会議
○イチャルパ——祭、祭式
○ヌプリ——山
○サモロモシリ——本州
○ユーカラ——叙事詩、英雄譚
○ユポ——兄
○マチ——妻
○マタパ——妹

プロローグ

明治三十五（一九〇二）年一月二十三日、八甲田山系において行程二日の雪中行軍訓練に出発した陸軍第八師団の青森歩兵第五連隊二一〇名は、暴風雪に遭遇し道を失った。世に言う八甲田雪中行軍遭難事件である。

隊の遭難を知った第八師団は、三神定之助《みかみじょうのすけ》少尉を隊長とした救援部隊を急遽編成し、遭難予測地帯に派遣しようとした。だがこのとき日本列島には強烈な寒気が張り出しており、一月二十五日、帯広で氷点下三十四度、旭川では氷点下四十一度、青森でも氷点下二十度以下を記録、救援隊の中にも多数の凍傷者が出て、行軍訓練隊入山地点にすら達することができなかった。

場当たり的な対応では事態の打開が難しいことを悟った師団は、救援隊を何班かに再編し、荒天を避け逐次投入した。しかし、衰えない寒気に捜索活動は難航する。とりわけ、多くの遭難者がいると予想された鳴沢の沢奥や断崖下などの難所には、なかなか進出することができ

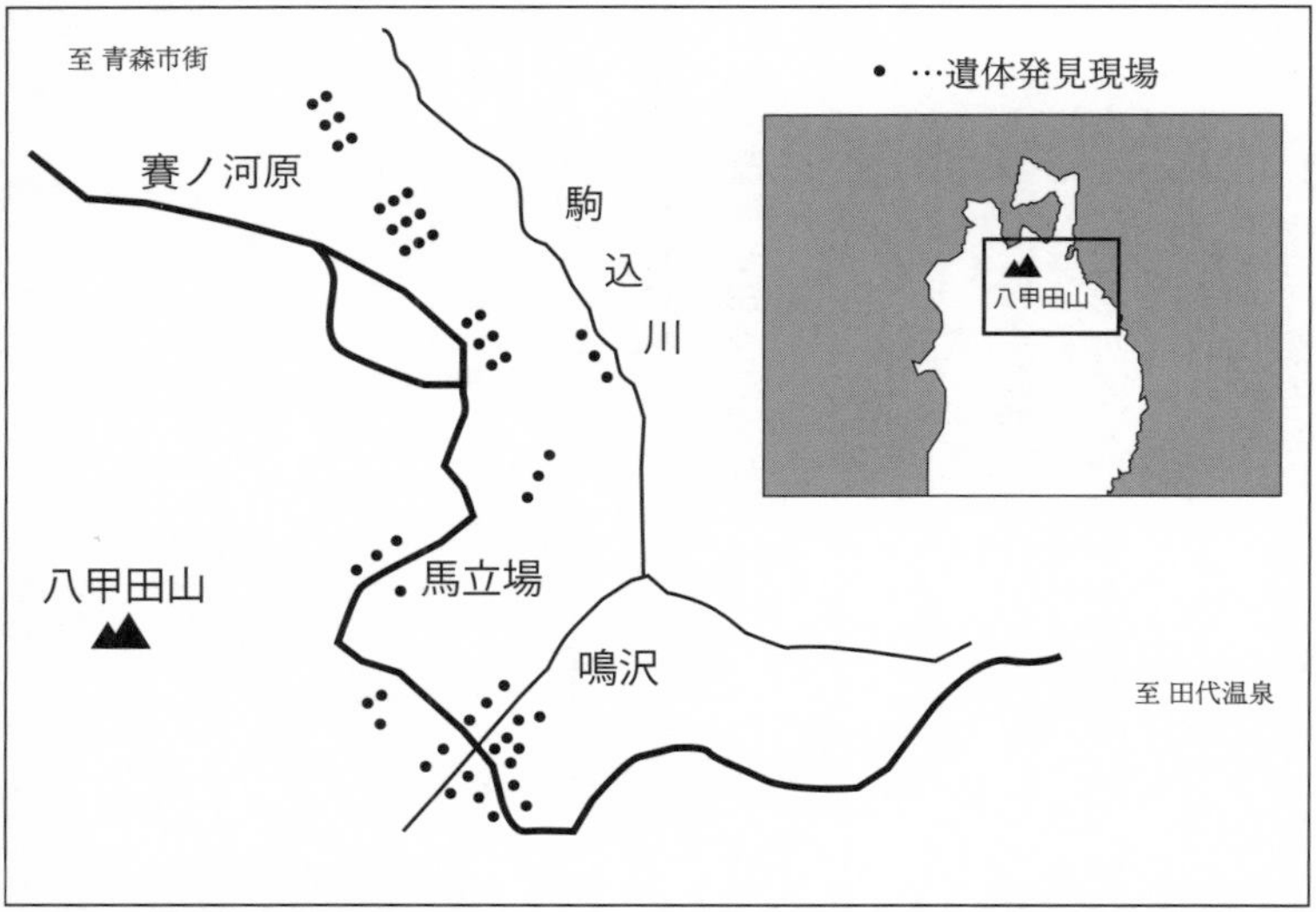

八甲田山　雪中行軍 遭難現場

なかった。思うような成果が上がらないまま時だけが過ぎた。そんななか第五連隊長津川《つがわ》謙光《かねみつ》中佐が一計を案じる。

〈雪と寒さに強いアイヌ民族であればこの行き詰った状況を打破できるのではないか〉

　この八甲田事件から遡ること半月ほどの一月中旬、函館要塞築城部陸軍工兵大尉の西川《にしかわ》勇《いさむ》が函館近くの赤川あたりを踏査中に行方不明になった。やはり寒気が厳しく雪深い場所だったので、捜索者の二次遭難が危惧された。要塞司令部は参謀本部に許可を得、アイヌと親交のある森村の町医者村岡《むらおか》格《かく》を通じ落部村《おとしべむら》に住むアイヌらに助けを求めた。結果的に西川大尉を生還させることはできなかったが、救援に駆け付けた落部村のアイヌたちは、寒雪極まる中で兵士をはるかにしのぐ跋渉力を示した。

津川中佐は参謀本部から布達されていたこの報告を思い出した。この度もアイヌを捜索隊に編入すべきである、と林《はやし》太一郎師団参謀長に具申した。林はすぐさまこれを裁可し、谷沢《たにさわ》鎌太郎《けんたろう》函館要塞司令官にアイヌ人の招聘を要請、谷沢司令官は西川大尉遭難事件の時と同じく、懇意にしている村岡格を介して再びアイヌ民族に助力を依頼した。

かくして、八甲田事件遭難者捜索のため、落部村《オトシベムラ》のアイヌ七名と和人の通事一名が津軽海峡を渡った。明治三十五年二月初旬、春はまだ遠く、寒さの募る時季だった。

有櫛力蔵　前編

―明治三十五（一九〇二）年二月中旬―

止まない雨はない。それと同じ理屈で、この風雪もいつかは収まる――有櫛力蔵《ありぐしりきぞう》は自分に言い聞かせた。

大地を覆い、森を埋め尽くすほどの雪でさえ、初夏には跡形もなく消える。吹雪に曝されている時間も、白銀の中に閉ざされている期間も、人間の一生を物差しにすれば、さして長いものではない。ましてや神々の天地創造から続く悠久の時の中では、刹那の出来事にすぎない。

〈大丈夫だ、こんな吹雪だってほんの少し我慢していればいい〉

そう思いながら、一方で力蔵はこうも考えた。

〈我が土地の山河を歩んでいるときに、こんなことを考えたことがあるだろうか〉

力蔵が住む村《コタン》は、この青森よりも北に位置し、寒さも厳しく、獣たちも皆大きい。それは日常のことだから、暮らすのにこれといった覚悟などいらない。ひどい吹雪や寒さに見舞われようと、森でどんな危険に出くわそうと、不安を覚えたことなどない。それなのになぜ今ここにきて、己を鼓舞しようとするのか。もしかしたら自分は、この和人《シサム》の地の風雪に恐怖しているのではなかろうか。

力蔵は頭を振《かぶり》った。叩きつけるように顔面をなぶってくる雪を払い、自分の弱気も拭い去ろうとする。

背筋を伸ばし顔を正面に向ける。すると、真綿のような雪が刃となって再び肌を襲う。

〈和人の地でも、我が神《カムイ》たちは加護してくれるだろうか〉

そうだ、ここは北海道《アイヌモシリ》ではない。大昔はアイヌが住んでいたのかもしれないが、それを推し量る術は、もはや力蔵が知る神謡《カムイユカラ》にも残っていない。神々の謡が残っていないということは、神々が宿っていないということに等しい。

〈この土地の木々や雪や太陽には、カムイの言葉も祈りも通じないかもしれない〉

何度雪を拭っても、前に進もうという志向は瞬時に押し戻された。

考えが甘かったことは否めない。

青森が本州最北の地だとて、所詮北海道よりは南、どんなに高い山《ヌプリ》だろうと、どんなに深い森だろうと、寒北の山々を歩き慣れた我々にとって苦にはならない、本州《サモロモシリ》の雪山など恐るるに足りぬ——出発前の有櫛力蔵はそう思っていた。

実際、北海道の冬は厳しい。北海道の中では温暖といわれる渡島《おしま》半島でも、厳冬期には大気中の水分が凍る。蝦夷地が北海道となってからたくさんの和人が入植し、寒気にさらされた彼らの中には、斃れる者もいた。

力蔵は、右手で顔面をひと撫でした。外気に直接曝されている頬などは、この天気の中を歩き続ければじき凍傷を負う。カワウソの手袋《テクンペ》を嵌めた手は、まだその機能を損なってはいないが、それでも指先は感覚を失いつつあった。

力蔵は引き連れている犬《セタ》を見た。玉のようになった氷雪が体中にこびりついている。

主人の不安を察したのか、犬が力蔵の顔を見上げた。どんな寒さにも動じない犬たちの表情が、怯えているように見えた。もちろんそう見えるのは、自分の心の内に恐れがあるためだと力蔵にはわかっていた。

力蔵は魔除として懐に忍ばせているキタキツネ《チロンヌプ》の頭骨に手を当てた。

〈カムイよ、鎮まりたまえ〉

猛り狂う風の神《レラカムイ》に祈りを捧げる。山も海も飛び越え、あまねく大地を渡る風の神ならば、我らの祈りも通じるはずだと力蔵は思った。だがまさか、和人地で神頼みすることになろうとは。

〈やはりこの地に来たのは間違いだったのかもしれない〉

村岡格がもたらした陸軍からの要請を、力蔵らは即座に受諾したわけではなかった。捜索場所が北海道ならばまだしも、海を渡らなければならないのである。海峡で隔てられた本州は、和人が住み、和人の神が祀られ、力蔵らが祈りを捧げたこともない土地だ。コタンの同胞《ウタリ》の中で本州に渡ったことがあるのは、村長《コタンコロクル》の弁開凧次郎《べんかいたこじろう》と、その息子、弁開勇吉《べんかいゆうきち》だけだった。

いつもと違う行動や普段と異なる出来事を神は嫌う。しかも、本州にはどんな神や魔物《ウェンカムイ》がいるかわからない。厄介な神に憑りつかれたままコタンに戻ってきたら大変なことになる。

その昔、和人が蝦夷地に持ち込んだ疱瘡神《パコロカムイ》によって多くのコタンが滅びかけ、実際に滅んだコタンもあった。親から子へ、またその子へと伝えられてきたそんな厄災の歴史は、和人に虐げられてきた民族の記憶として今に残る。

〈海を渡って危険を冒してまで和人を助ける必要があるのだろうか〉

世話になっている村岡のてまえ口には出さないが、この要請について話し合いを持ったとき大方の者がそう思ったはずだった。

「和人《シャモ》など助ける必要はない」

村の重役で最年少の弁開勇吉が、村岡に憚ることなく、和人に対する蔑称を用いて言い放った。

力蔵は勇吉を宥めつつ、様々なことを加味すれば、この度の陸軍からの要請に応えるのは難しいのではないか、と、重役の最年長者として慎重な意見を述べた。その場に集まっていた十数名の重鎮も、無言をもって力蔵の意見に同意を示した。

「困っている人たちをなぜ助けないのだ」わずかな沈黙ののち弁開凧次郎が言った。「助けを求める者をなぜ助けない」

アイヌだとか和人だとかは関係ない、困っている者があるのであれば助けに行くべきだ、と凧次郎は主張した。

息子である勇吉は頑なに抵抗を示したが、村長《コタンコロクル》のこの主張に他の誰も反対はできなかった。

数日後、弁開凧次郎、弁開勇吉、板切是松、明日見末蔵、碇卯三郎、板木力松、そして有櫛力蔵の七名が津軽海峡を渡った。かつて開国時から長く函館に居住していたトーマス・ライト・ブラキストンが発見したブラキストンライン、まさしく生き物のありようが分かたれる境界を越えた。この異界にも等しい場所で、軍隊という未知の組織の指揮下に入り、生活に祈りを捧げる毎日とはかけ離れた日々を送ることになった。

今の力蔵には不安しかなかった。唯一優越感を持って臨めるはずだった冬の天候ですら力蔵たちに牙を剥いていた。

力蔵は風雪にかすむ凧次郎の背中を見た。先を行く凧次郎の後ろ姿からは感情の揺れが感じ取れない。一枚のくすんだ板のような背中が、風に向かって黙々と進んでいくだけだった。

〈長老《エカシ》はこの見知らぬ土地のカムイが恐ろしくないのか?〉

力蔵は凧次郎よりも二つ歳上だが、村長《コタンコロクル》である凧次郎のことを敬意を込めて「エカシ」と呼ぶ。実際、三十年以上にわたって集落《コタン》を取りまとめてきた凧次郎はエカシと呼ぶにふさわしかった。そのエカシが神と対峙するかのように進んで行く。力蔵は、神を恐れ敬うべきか、凧次郎を信ずるべきか、迷う自分に慌てた。

捜索隊の前線基地として陸軍が設けた第七哨所を出るとき、天候は比較的穏やかだった。それが昼を前にしてにわかに崩れだした。吹雪の山を歩くことがいかに危険かは、北海道に住む力蔵たちだからこそよくわかっている。だが雲行きが怪しくなってきたときには、すでに未到達地点に足を踏み入れていた。だから先へ進んだ。

「このあたりはまだ誰も探しに来てないんだ。もう少し進めば新たな遭難者や遺留品が発見できるかもしれない」そう言いながら雪をかき分ける凧次郎に従ってきた。

雪は猛烈な速度で真横に流れている。寒風が突き刺さりまともに目も開けられない。二メートルほど先を行く凧次郎の背中が見づらかった。

ところどころに雪面から突き出したダケカンバの枝先が、助けを求める人間の指に見えた。そんな薄気味悪いものでも、見えていればまだ心強かった。視界がきかなくなれば、あとはただ暗黒のような白色に包まれ、前後左右、そして上下すらもわからなくなった。事実、時間などはとうにわからなくなっていた。今がまだ昼前なのか昼過ぎなのか、夕方なのかもしくはすでに夜なのか、もしかすると次の日の朝になっているのか、それを教えてくれるのは肉体の疲労と〝生きる〟という野生の本能だけだった。

〈カムイが怒っている〉

そもそも山に入ってはいけなかったのだ。兵隊が雪中行軍に出るまえ、地元の和人たちは「山の神の季節だから山に入るな」と言ったという。軍隊はなぜ彼らの言うことを聞かなかったのだろう。カムイの代弁者ともいうべき地元民の言葉になぜ耳を貸さなかったのか。

カムイは恐ろしい。力蔵らアイヌにとって、日頃からふれあい、結び、慣れ親しみ、喧嘩しながらも助けられ、時には助ける仲であっても、やはりカムイは畏怖すべき存在だ。疫病のカムイなどが猛威を振るえば、なすすべもなくコタンを空にして山に逃げ込むことすらある。カムイが暴れだせば人間などひとたまりもない。

和人の軍隊はカムイの怒りに触れた。その兵隊らを助けようと山に入った自分たちもきっとカムイの怒りを買う。

力蔵は吹雪にかすむ凧次郎の影に目を細める。

〈今ならまだ間に合う。足跡が消える前に引き返すべきだ〉

力蔵が凧次郎に進言しようと大股に一歩踏み出したとき、犬が反応した。眼前の白い闇に向かい、風を跳ね返すごとく吠えながら、先へ駆け出そうと引綱を引いた。犬たちが生気を取り戻したかのようだった。

屈んだ凧次郎が引綱を外そうとしていた。

力蔵は雪をかきわけ慌てて凧次郎に近づく。

「エカシ、犬《セタ》を放つな。引き返そう。これ以上は危険だ」

ここで放てば優秀な犬たちは目標物まで突進していく。単独でも道を失うことはないが、かといって放って帰るわけにもいかない。回収には余計な時間がかかり、そのぶん引き返すのが遅れる。雪山ではほんのわずかな遅れが生死を分ける。

「まだいける。大丈夫だ」凧次郎は雪まみれの髭面で力蔵を見上げた。

「いや、和人《シサム》にはもう無理だ。わしらだって安全とはいえない」

凧次郎は立ち上がり背中を風に立て、力蔵の顔を正面に見てから、目を細めながら力蔵の背後を覗き込んだ。

力蔵らの捜索隊は、陸軍少尉の三神定之助を長とし、地元民の嚮導《きょうどう》数人を含む少人数で構成されている。オヒョウの木皮の繊維で編んだ丈夫な上着《アットゥシ》とエゾシカ皮とで身を包んだ力蔵たちですら、息苦しさと悪寒を感じるほどの吹雪である。軍隊の薄い外套や雪蓑程度では、体温の低下を防ぐことはできない。

凧次郎は力蔵の顔に視線を戻した。

「では、和人だけ先に帰そう」

「無茶だ、不案内な土地をわしらだけで行くのは危険だ。それに、軍隊がそんなことは許さん」

「では、オレ一人で行く」

力蔵は耳を疑った。豪風のために聞き違えたかと思った。普段冷静な凧次郎がそんなことを言うとは想像もつかなかった。

「どうしたのだ、エカシ。カムイが猛り狂っているこの状況がわからんのか」

「カムイがどんなに怒《いか》ろうが、オレは行くぞ」

〈カムイと闘おうなどと、カムイの怒りに気が触れてしまったのか？〉

力蔵が言葉を失っていると、凧次郎は犬を手繰り寄せ、躊躇なく放った。力蔵が連れている犬の綱までも続けざまに解く。

力蔵は抵抗もできないまま凧次郎のその行為を見下ろしていた。

立ち上がった凧次郎が力蔵に向いた。

「犬たちは何かを見つけた。それが助けを求めている者たちであれば、見殺しにはできない」

「無駄だ。遭難してから半月以上も経っているんだ。生きているわけがない。西川大尉だって助けられなかったではないか」

西川大尉はいまだ発見されていなかったが、生存の可能性が低いと判断した函館要塞司令部は半月余りで捜索を中止した。

「オレたちならどうだ。半月、雪山に放置されたら死ぬと思うか？　間違いなく死ぬか？」

力蔵を見据える凧次郎の瞳に狂気は見えない。目じりに皺を湛えたいつもの穏やかな凧次郎の目だ。いや、むしろ若かりし頃の凧次郎を思わせるような輝きが、瞳の奥に見えた気がした。

「いや、わしらなら命を落とすとは限らん。だが、兵隊は皆和人《シサム》だ。シサムではこの寒さを乗り切れん。乗り切る知恵もない」

「シサムもアイヌも同じ人間だ。オレたちが生きられるならば、彼らにだってその可能性はある。それに、カムイはときに悪戯をするものだ」

北海道の風雪をも凌ぐほどに荒れ狂うこの冬山で、なんの備えもない和人が半月ものあいだ生きられるとは、力蔵には思えなかった。だが、胹次郎の言う「カムイの悪戯」は確かにある。カムイは気まぐれなのだ。それは力蔵も経験してきたことだった。

咆哮のような音を立てて流れる白い乱流の向うから、犬の鳴き声がかすかに聞こえた。

「オレは進むぞ」

胹次郎は力蔵への視線を切り、吹雪に漕ぎだす。

〈頑固なのは昔と変わらんな〉

白の世界に溶けていこうとするその背中を力蔵は見ながら、まだ和名も持たず互いを民族の名で呼びあっていた青年の頃を思い出した。

〈今の勇吉のようだった〉

村長《コタンコロクル》として何かと忙しい胹次郎に代わり、次代のコタンを担うであろう勇吉に、薫陶を授けてきたのは力蔵だった。今では、狩りの技術でもその膂力《りょりょく》でも勇吉の右に出る者はなく、誇り高いアイヌに成長した。ただ、勇吉は和人嫌いになった。もちろんコタンの多くのアイヌが和人に対して好ましからざる感情を抱いていたが、勇吉はそれを口に出して憚ることはなかった。

力蔵は自分の教育が行き過ぎたとは考えていない。民族の歴史と伝統、英雄譚《ユーカラ》、勇吉の祖父ペンケイまでの弁開家の事績、そして何よりも民族としての誇りを伝授すれば、和人のことを嫌うようになるのはしょうがない。和人と好《よしみ》を通じる凧次郎と、それをよしとしない勇吉の意見が時としてぶつかるのは、力蔵も予期していたことだった。

けれども、凧次郎も昔は勇吉と同じだったのだ。

〈あの時から変わった〉

猛々しかったアイヌの青年《オッカイポ》を、風雪のなか黙々と歩む今の弁開凧次郎ならしめたのは、一人のシャモとの出会いだった。いや、あの男にシャモという蔑称は使えない。まさしくサムライと称される、力蔵にとっても敬すべき数少ないシサムだった。

〈まったく、困ったものだ〉力蔵は苦笑いした。

こんな状況で笑みを浮かべた自分にも呆れつつ、力蔵は消えかかった凧次郎の影を追って一歩を踏み出した。

岩吉

―慶応元（一八六五）年十月二十一日―

九月も晦日に近いあたりでどっさりと降った雪は、その後好天が続いて根雪にはならなかった。もちろん蝦夷地の季節は厳しい冬へと着実に向かっていたから、太陽が少しでも陰れば水が凍るほどに寒かった。

岩吉は囲炉裏端で粒ぞろいの小豆を麻袋に入れていた。幼馴染の久助のためにあらかじめ選り分け乾燥させておいたものだ。

久助には世話になっている。昆布漁では久助の組下に入り、漁に出るときはいつも久助の船に便乗させてもらう。

一方で、海から少し離れたところに住む岩吉家族は、和人地全体で二反にも満たない大切な畑作地を、数軒で協力して耕している。岩吉本人は漁労に従事しているが、父母と妻のヨシが畑の面倒を見てくれていた。

木戸を叩く音とともに「岩吉ぃ、おらだ」と久助の声がした。

戸が開くと、久助の訪《おとな》いとともに乾ききった寒気が入ってきた。戸口に立つ久助の背後に見えた外の景色は、昼の九つの鐘が鳴ってまだ間もないのに、夕方のように色褪せていた。

袖から生える久助の筋肉質な前腕には、徳利と干し魚がぶら下がっている。

久助は、土間で水仕事をしている岩吉の女房のヨシに、「ほいよ」と干し魚を渡した。

「上がるよ」

遠慮会釈なく土間に草鞋を脱ぎ捨て、その太い足で居間板を踏んだ。

「いい小豆だな」

そう言いながら久助は岩吉の傍らに腰を下ろし、徳利を板間に置いた。

今年は珍しく小豆がよく実った。

小豆は冷涼な土地でも実をつける作物だが、天候の影響を受けやすい。もともとこの北辺の地はどこも肥沃とはいえず、売り物にできるほどの味も出せないから、大きな作付けは起こせない。家族六人で何回か食べる分くらいの量を収穫するのがせいぜいだ。それでもせっかくの出来だったから、世話になっている久助にも分けてやりたいと岩吉は思ったのだった。

松前藩や幕府が和人地として管轄してきた渡島半島南部に点在する六ヶ場所。その一画である落部村《おとしべむら》は、寒冷地のため米が育たず、税のほとんどを漁業に頼っている。昆布魚介が豊富な海なので、有珠山や蝦夷駒ヶ岳の噴火さえなければ、不漁で税が納められなくなるという心配はないが、村人はめったに米を口にすることはできない。主食はわずかな耕作地で取れた稗や粟だったけれど、雑穀であろうと作物の実りは村人たちにとって嬉しいことだった。

女房のヨシが、春に漬けた山菜と秋に収穫したキノコの味噌和えを、空《から》の茶碗と一緒に出してきた。久助が持ってきた鰯の干したのは竈《かまど》で炙っているところなのか、いい匂いがしてきた。

久助は徳利を傾け茶碗に酒を注ぎ、室内の片隅で篭編みの内職をしている岩吉の父、松蔵に、「親父どのもやらねえか」と声をかけた。

松蔵は無言のままただ笑顔と手振りで遠慮の意思を示した。

「父《と》っさまは下戸だんべ、夕餉の前にやったら飯が食えんくなるでな」

岩吉は自分の茶碗を久助に差し出しながら言った。

「一杯だけ飲んだらこれ置いて帰《けえ》っから、親父どの、晩飯食いながらやってくれや」

久助は岩吉の茶碗に酒を注いだあと、松蔵に向け徳利をかざした。

「おう、ありがとうな」松蔵が嬉しそうに言う。

岩吉の十歳と八歳の息子たちが久助のそばに来て「シゲ兄ちゃんは?」と訊く。

「ああ、茂太郎のやつは、網元のところでまだ漁具の片づけやっとるわ」

久助は十五歳になる息子と一緒に海に出ている。親子で仕事ができるようになってからの久助は楽しそうだった。

茂太郎の働きぶりを聞いているうちに、いい塩梅に炙られた三枚の干し鰯をヨシが運んできた。

「残りは夕餉で食べてくれ」

そう言って久助は半身だけちぎり、別の木皿にそれを載せ、岩吉と自分の間に置いた。

二枚と半分が載っているほうの皿を子供たちは嬉しそうに見つめる。

「漁もまあまあだったでな、残りふた月、無事に年は越せそうだ」

　十月の二十一日ともなれば、厳冬期の到来まであとわずかだ。

　岩吉も久助も、寒さをしのぐために月代《さかやき》を伸ばし始めてから一ヶ月以上経っているが、当然一ヶ月では伸びきらないので、蝦夷地勤務の侍たちと同じような格好の良い総髪にはなっていない。むしろ不精をしているようにみすぼらしく、痩せている岩吉などは余計に貧相に見えた。それでも飢饉続きの内地に比べ、海の幸に恵まれ、雑穀であっても口に入り、それによって家族が飢えることなく欠けることなく暮らしていけるのであれば、頭髪の中途半端な面《つら》を互いに見合わせ笑顔になれた。

　黒船が来た時は、江戸やら都では大騒ぎになり、岩吉たちも、どんな世の中になるだろうと不安を煽られたが、この小さな村にまで大きな波はやって来なかった。国が開こうと開くまいと、豊漁豊作の家内息災が、岩吉らにとっては最上のことだった。このまま何もなければ、慶応元（一八六五）年も平穏無事に暮れて行くはずだ。

「なんだ？　人の声だべか？」

　久助が杯を置き、顔を傾け、右耳を戸のほうへ向けた。

　岩吉も口から茶碗を離し、意識を戸に向ける。

確かに人の声らしきものが聞こえる。いや、きっと人の声だ。らしきもの、と思ったのは、それが聞いたことのない言語だったからだ。岩吉たち和人が使う言葉でもなければ、耳慣れたアイヌの言葉でもない。だとすれば、異人たちの言葉ではなかろうか。

「異人か？」

久助の推測もそこに至っているようだった。

岩吉も久助も異人を見たことがないわけではない。黒船騒ぎによって箱館が開港してから、多くの異人が蝦夷地にも来るようになった。

久助は土間に下りて戸を開き、音のする方を確認する。

「こんなところまで何しにきたんだ？」

岩吉も久助と並んで外を覗き見る。

姿は確認できないが、声は近くにあるアイヌ墓地の方角から聞こえてくる。

「平次郎どんも一緒だべか？」

開港地の箱館から距離のあるこの辺りは、外国人が勝手に歩き回ることはできない。だから御公儀《おかみ》の特別の許可があって、村年寄の平次郎が案内でもしているのだろうか、と岩吉は思った。

「行ってみっぺ」

久助がそう言って戸外へ出る。

岩吉も久助の後を追おうとしたが、いったん立ち止まり、

「戸締りしとけよ」と、家の者たちに言い残した。

岩吉の家を出て道なりに右へ回り込むようにゆるい坂を登ればアイヌらの墓地がある。

小高くなった場所を目指し、藪が両脇に迫る道を進む。陽の陰になった道は夕暮れのように暗く寒かった。

進むにつれ、話し声とともに何かで土を鋤《す》くような音が聞こえてきた。数名の者がしゃべりながら土をいじっていることが推し量れた。

藪の細道を抜けると、四人ほどの一団が視界に入った。墓地の脇へと続く道端の立木に三頭の馬が繋がれ、近くには荷車がある。一団の二、三人が西洋の鋤《すき》のようなもので土を掘り返している。全員が異人の恰好をしていたが、一人は髷を結っていたので和人と知れた。仮にその者が髷《まげ》を結っていなかったとしても、異人が三人、和人が一人ということは、体躯の大きさで明らかだった。岩吉には異人三人がみな羆のように見えた。

見知らぬ洋装の和人は平次郎ではなかった。それでも、和人がいれば話もできるし、何をし

ているのか当然気にもなった。

久助は振り向いて岩吉に頷いた。

岩吉が頷き返すと久助はためらいなく歩き出した。岩吉は久助の後を追う。

繋がれている馬が鼻を鳴らした。

「Who's that?（あいつらはなんだ？）」

二人に気づいた異人の一人が言葉を発すると、一団の全員が作業を止めて岩吉らに視線を注いだ。

声を発した異人は金色《こんじき》の長髪を顔の両側に垂らしていた。ありがたいような色味だが、質感は濡れしたった海藻のようで、不潔さを滲ませた。色白の地に赤みを帯びた顔には痣があり、その痣が口元にかかっているせいか、引き攣った笑みを浮かべているように見えた。肥えた体が薄気味悪さを増長させた。

その異人が岩吉らを睨みつけながら、隣にいる洋装の和人に何か言った。

「何しに来た」

洋装の和人は岩吉らに向かってぶっきらぼうに言った。

初めから拒絶するかのような物言いは横柄に感じられた。お前たちこそ何しに来た、と岩吉は言ってやりたかった。だが、〈関わらない方がいい〉という声が頭の中に浮かんだ。一団はあきらかに不穏な空気を醸していた。とてつもなく腑に落ちないが、岩吉は何も言わず久助を引いて帰ろうと思った。

「おめえたちこそ何してるんだ」

久助が前に出た。

久助は度胸のいい男だ。というか、岩吉ほど辛抱のきく質《たち》ではない。岩吉もやむなく久助の後に続いて進み出る。

「おい、こっちさ来るな！」

丸顔で小太りの和人が、生意気な面付きで怒気を見せた。

和人相手ならばどうということはない、だいいちここは俺たちの村だ、おめえたちに指図されるいわれはない、とでも言いたげに、久助は前に出ることを憚らなかった。

岩吉は、引き留めようかどうしようかと迷いながらも、流れにまかせて久助についていった。

ところが久助は少し進んだところでハタと足を止めた。

横に並んだ岩吉が久助の顔を覗き込む。普段見たこともないような表情で久助は一点を見つめている。その視線を追うと、赤茶色の髪をした細身の若い異人にたどりつく。

顔にそばかすのあるその男はなんとなく気弱そうに見え、ほかの二人の異人に小間使いとして使われているようだった。それが証拠に、泣き出しそうな表情で土から掘り出したシロモノを抱えていた。

と、岩吉はその若者が抱えているシロモノを見てギョッとした。それは骸骨、いや、髪の毛を巻き付け、まだ少し肉がこびりついた生首だった。

「墓荒らしか……」久助がぽつりと言った。

「Henry, keep doing!（ヘンリー、続けろ！）」

痣のある男が、突き出た腹で威嚇するかのように、長身の若者に言った。

「However, Mr. Trone, they are looking at us…（でも、トローンさん、彼らが見ています……）」

若者が何か困っているようだった。

「Don't pay them any mind! Go ahead!! Hey George, get rid of them!（かまうな！　続けろ！　おい、ジョージ、奴らを追っ払え！）」

金髪のあばた面が命令口調で若者に何か言ったあと、もう一人の長身の異人にも何か言った。

ジョージと呼ばれたその痩せた中年男は、こげ茶の長髪の隙間から胡乱《うろん》な目をのぞかせ口元に薄ら笑いを浮かべながら、西洋鋤を放り出し、近くに停めてある荷車に向かった。

異人たちが交わす言葉はもちろん理解できなかったが、岩吉は彼らの行動に嫌な予感がした。

ジョージという名の茶髪の中年は、荷車から何か細い棒のようなものを取り出し、それをいじりながら戻ってきた。近づくにつれ、その棒の形がはっきり見えてきて、鉄砲だと知れた。

「ミスターケミッシュ、プリーズ、ウェイト」

洋装の和人が慌てた様子で、鉄砲を持ったその中年男に異国語を使った。居丈高だった和人の表情からは高飛車な気配が消えていた。

岩吉は久助に目を遣った。

久助はじりじりと後じさりを初めていた。

ジョージ・ケミッシュはまっすぐ岩吉らに近づくと、笑みを浮かべながら躊躇《ためら》いもなく岩吉らに銃口を向けた。

岩吉は動けなかった。逃げ出さなければならないのに、脚が小刻みに震え、力が入らなかった。振り向いたとたんに後ろから撃たれるのではないかという恐怖に襲われた。

「おめえら、さっさと帰れ!」洋装の和人が大声を出した。

刹那、金縛りが解けたかのように岩吉も久助ももんどり打って駆け出した。喉の奥から声ならぬ声を上げ続けた。

「Go home, monkeys（帰れ、サルども）」

トローンと呼ばれたあばた面のものらしき声が背後で聞こえた。

それに続いて、今まで耳にしたことのない、胃の腑を掴まれるような笑い声が上がった。その笑い声は、宙を掻き毟りながら走る岩吉の後頭に、こびりつくように響いた。

〈アイヌらに知らせてやらねば〉という思いは、恐怖のためにいつの間にか霧散していた。

イカシバ　1

―慶応元（一八六五）年十月二十二日

東に内浦湾を望む落部村《オトシベコタン》の朝は海側から始まる。

水平線あたりの空が明るくなると同時に海も反射光を増していく。だから海面を東に抱く海辺の集落は山間のコタンよりも朝の訪れが早い。しかし冬ともなれば、北国はどこに住んでいても夜明けが極端に遅くなる。東海に面する特別感も消える。

夜は人ならぬモノたちが活動する時間、人間は太陽が昇るのを寝ながら待つしかない。自然、冬の寝る時間は長くなる。人は冬期間長く寝るようにできている。

イカシバは睡眠を大事にした。寝ているあいだ夢にカムイが現れるからだ。良い眠りのときはカムイたちがいい報せを持ってきて、そうでないときには報せもよくない。そんな日は体調も悪くなる。

日中に気になったことがあって、どうしても床に就くまでにそれを頭から拭い去ることができなかった。カムイが夢の中で何かを報せてくれるのではないかとも思ったが、イヤな報せが来るくらいなら眠らないほうがいいのでは、とも考えた。結局イカシバは浅いまどろみの中で夜を過ごした。

掛け具を払って暗闇に半身を起こしたイカシバは、隣に妻のチハがいないのを確認した。カムイからは特段報せらしい報せはなかった。思い過ごしだったらそれでいい。ただ、気になったことを放置しておくわけにはいかない。

東の空が白んできた頃合い、イカシバは夜明けを待ちきれず、まだ足元もおぼつかないなか屋敷《チセ》を出た。オトシベ川に沿ってややしばらく歩き、山の奥へと続く道が見えてきたときには、太陽が正面の山並みを照らし、辺りは明るくなっていた。そこかしこに散りかかった落葉は、一度降り積もった雪のために濡れそぼち、腐り始めの状態で凍っていた。滑って足を取られぬよう慎重に、イカシバは踏み慣らされた山道に一歩を踏み入れた。

疱瘡神《パコロカムイ》がコタンを襲ったのは春の終わり頃だった。最初の罹患者が出てすぐに、行者ニンニク《プクサ》などの臭《にお》い物を魔除けとして集落のいたるところに下げ、祈り《カムイノミ》を捧げた。しかし効験はなく、天然痘が大流行の兆しを見せ始めた。オトシベコタンに住む約一三〇人のアイヌのうち三分の二が慣わしどおり集落を出て、聖なる渡島《オシマ》の山に逃げ込んだ。昔からのことなので、聖なる山には大人数を収容できるだけの既設の仮屋や仮屋跡が残されていた。

そんな同胞《ウタリ》らの仮屋住まいも半年になる。できれば冬が来る前に山を下り、村《コタン》に戻ってきてもらいたい。もちろんそれはイカシバ一人の願望ではない。山に避難している同胞《ウタリ》こそがそう切に願っていることだろう。だが、疱瘡神《パコロカムイ》がまだ力を失っていない以上、ウタリたちが聖なる山を下りてコタンに戻ることはできなかった。

幼いころ軽い疱瘡を患ってカムイの力を宿したイカシバは、天然痘を撥ねつけることができた。だから山に入らず、コタンに残った。本音を言えば皆と一緒に山に入りたかった。結婚したばかりの妻と一緒にいたかった。しかし、コタンを空にすることはできない。管理する者がいなければコタンの家々はすぐに住めなくなってしまう。家に宿っているカムイたちが出て行ってしまう。それに、和人たちとの連絡が滞る。幕府からの御触れや大事なことが伝えられなくなる。だからイカシバのように免疫を持った者たちはコタンに残った。とりわけ、イカシバの家系はコタンを治める家柄の一つであり、家《チセ》は同胞《ウタリ》たちが避難している山の最も近いところに位置したから、イカシバがつなぎ役として山と里を行き来した。

疱瘡神《パコロカムイ》は恐ろしい神だ。イカシバが軽症のうちにカムイの力を体に取り入れることができたのは運がよかったとしか言いようがない。罹れば普通はおおかたが命を落とす。

天然痘の拡散は和人にとっても憂うべきことだった。幕府は拡散を抑止するため種痘医を蝦夷地へ派遣した。体のどこかを切って、その傷口に、疱瘡に侵された牛の血を塗り免疫を得る、というやり方は、疱瘡神の力を安全に体に宿すことを意味したが、コタンの者はみな気味悪がり、ほとんどが医者の施術を受けず、受けてもすぐ川で洗い流した。

あのときの和人の医術はおそらく正しかったのだろう。イカシバのように病から生還した者や、種痘を受けて洗い流していない者だけが、実際に今こうして疱瘡に罹ることなく、コタンで生活を続けている。

葉の落ち切った木々は骨となった骸《むくろ》のような姿をさらし、その骨々の隙間から青空を望むことができた。それでも樹海は暗く、山中は冷えた。朝霜の付く熊笹の藪は切れるように冷たかった。イカシバは本格的な冬の到来を感じつつ、山の仮集落を目指した。

山道を登り始めるとすぐに体は暖かくなってきた。凍てつく藪さえ触ると心地よい。イカシバらアイヌが着る民族服《アットウシ》は保温性と通気性に優れ、吸い取った汗などの水分を外気へ放出できたが、なんだか今日は熱がこもっているように感じた。寝不足のせいか、歩く速度が早いせいか、いつもより発汗が多かった。

常ならぬ息苦しさを感じつつも、通り慣れた道を黙々と進むうち、やがて生活の気配がしてきた。朝餉を調えているのだろうか、薪が燻《くすぶ》る匂いとともに汁の香りが漂ってくる。

道が少し下るところで、煮炊きをしている煙が見えた。くだった先の少し広い場所に点々と仮屋が建っている。遊ぶ子供らや立ち話をするウタリたちの姿も見えた。

朝早くから立ち働く仲間たちに挨拶しながら、イカシバは一つのチセの前に立った。

屋外で薪の積みなおしをしていたリキノが声をかけた。

「なんだ、イカシバ、今日はまたずいぶんと早いな」

「チハはいるか」

「水場に行っているが、間もなく帰ってくるのではないかな」

そう言ってリキノは眉尻を下げながら、ほんの少しイカシバを見上げた。

リキノも背が低いわけではないが、イカシバはコタンの中でも群を抜いている。どちらかというと顔も面長だから、リキノには「近頃流行《はやり》の異人のようだな」とよく茶化される。

「いつも妹《マタパ》を気にかけてもらってすまんな」

言いながらリキノは、屋内に持って行く分の薪を、その太い腕に抱えた。

「バカを言うな、当たり前だ。オレの妻《マチ》だぞ」

イカシバが真面目な顔で言うと、ひと呼吸置いて二人は破顔した。

十八歳になる年を迎えたイカシバは、春にリキノの妹チハと結婚した。村長《コタンコロクル》だったイカシバの父ペンケイが三年前に他界し、その喪が明けるのを待っての挙式だった。疱瘡神《バコロカムイ》がコタンにやってきたのは挙式の直後だった。天然痘の免疫を持っていなかったチハは、兄リキノの家族とともに里を離れることになった。

チハが元気に水汲みに出ているというのを聞いて、イカシバはひとまず安堵した。聖なる山の中で暮らしていたとしても、バコロカムイが誰か一人に取り憑いたら、あっという間に皆へ広がっていく。そのために伝令役はイカシバ一人と決められている。チハや仲間たちのことが心配だから、本当は毎日でもこの仮集落に顔を出したいが、頻繁になればそれだけバコロカムイを連れてきてしまう危険が高まるし、自家とコタンの管理もあるので、不要不急の訪いは避けるようにしていた。

「チハの顔を見てから長老《エカシ》のところに行くとしよう」

イカシバはそう言って、リキノが抱えているのと同じくらいの薪束を、薪置き場から抱え上げた。

「おう、すまんな」

リキノの後について薪を屋内に運び入れると、リキノの妻と小さな子供たちが笑顔でイカシバを迎えた。

「ほら、イカシバのおじちゃんが来たぞ」

リキノはそう言いながら幼い子供たちに笑みを送る。

リキノの家は古くからコタンコロクルを補佐してきた。イカシバの父ペンケイが長《おさ》だったときは、リキノの父がペンケイを佐《たす》けた。そのためイカシバとリキノは幼少の頃からいつも一緒だった。今年二十歳になるリキノはイカシバより二つ年上だが、双子の兄弟のように育ってきた。

イカシバの父もリキノの父も、おそらく今のイカシバとリキノのような青春を送ってきたのだろう。いつかチハと家庭を持ったら、たまに両方の家族が集まって酒でも酌み交わし、父たちのそんな青春時代の話を聞いてみたい――狩猟の技を身につけて大人と認められた頃のイカシバは、そんな未来を思い描いていた。だが、イカシバの父もリキノの父もすでにこの世にはいない。

父たちの昔話を直接本人たちから聞く機会は永遠に失われてしまったが、若いころの父たちを知る今の村長《コタンコロクル》と補佐役らがイカシバやリキノによく語って聞かせてくれる。今は、村長《コタンコロクル》のイナワニを四十歳になるイタキサンと三十半ばのトリキサンが補佐していた。

もう一抱えくらい薪を入れておくかな、と言うリキノの後を追って外に出ると、

「おっ、愛しの女《メノコ》が帰ってきたぞ」

リキノが振り返り、イカシバの腕をポンと叩いた。

見ると、チハがこちらに向かって急坂を上って来ていた。シナの木皮で編んだ大きめの編み袋《サラニプ》の掛け手を鉢巻《マタンプシ》の上からおでこに引っ掛け、水を張った木桶を背中で支えている。魔除けの紋様《モレウ》が入ったアットゥシに身を包み、チハは重そうに一歩一歩登ってくる。足元に目を遣りながら歩いているせいか、イカシバがいることにまだ気づいていないようだ。

「ちょっと手伝ってくる」

イカシバの言葉にリキノは笑顔で応えた。

イカシバは急坂を下り、行く手を遮るようにチハの前に立った。

チハは、あらっ、という表情で徐々に顔を上げ、目の前のイカシバに目を細めた。

「兄さん《ユポ》。あっ、ごめんなさい、私のだんな様《クコロホクフ》」

チハは目鼻立ちのはっきりした顔を愛らしく緩め、大仰な言い直しをする。

小さい頃から実兄のリキノと一緒にいたイカシバを、チハは「イカシバ兄」と呼んで慕った。結婚してからも長年の癖がなかなか抜けないらしく、ふとした時にそう呼ぶ。別にかまわない

とイカシバは思っているが、チハ本人は気にしているようで、言い間違えれば必ず言い直した。思えばチハは幼い頃から「イカシバ兄と結婚する」と言っていた。花の好きなチハは、結婚の儀式のつもりだったのか、花飾りを作っては「はい、イカシバ兄のだんな様」と言ってイカシバに渡した。花飾りをもらったところで、男がそれを身につけるわけにもいかないから、「兄と結婚できるわけなかろう」と言って花飾りを突き返したが、もちろんそれは照れ隠しだった。

イカシバは、チハの大仰な言い直しを聞くたびに幼い頃のそんなやり取りを思い出した。

「どれ、替わってやろう」

イカシバは編み袋《サラニプ》の掛け手をチハのおでこから静かに外し、そのまま短く巻取って右手に提げた。

長身で細身のイカシバだが、コタンでも有数の膂力《りょうりょく》を持ち、ヒグマを狩らせればすでに並ぶ者がないとまで言われていた。

「ありがとう」チハが嬉しそうにはにかむ。

「もう少しの辛抱だ。バコロカムイも落ち着いてきた」

ウタリがコタンを出て数か月、秋の終わり頃から疱瘡の勢いが徐々に退《ひ》けてきていた。来年、山の花が一斉に咲き誇る季節には、皆がコタンに帰れるはずだ。

〈だが、それにしても、〉とイカシバは思う。

亡父ペンケイの喪が明けるのを待ち、やっとのことでチハと結婚し夫婦生活をし始めたのも束の間、天然痘が襲ってきて別居を余儀なくされた。そもそも天然痘は、大昔に和人が蝦夷地《アイヌモシリ》に持ち込んだものだ。和人はその他にも多くの忌まわしい疫神をこの地に引き入れ、長くアイヌの民を苦しめてきた。一つのコタンが全滅しかけたこともあった。そんな和人由来の厄災が今ふたたび大切な家族を脅かしている。

自分たちにとって和人とは、とイカシバが考えない日はなかった。

落部村はアイヌの居住区と和人の居住区から成っている。古くからアイヌが住んでいたところへ、明和年間に、商場《あきないば》知行権を有していた松前藩士新井田保寿《にいだやすとし》が、みずからの代理人として商人の相木仁右ヱ門《あいきじんえもん》らを移住させたところから「落部村《おとしべむら》」が始まり、やがて場所請負制の敷かれた六ヶ場所の一つに組み込まれた。

アイヌは文字を持たない。だからその歴史は常に口承により語り継がれてきた。

アイヌの歴史が紙に記《しる》されていくようになったのは、和人たちと交わるようになってからだが、それは和人に虐げられてきた記録でもあった。特に松前藩《マツマエ》のやりかたには、どれほどのアイヌが苦しめられたかわからない。その松前藩の横暴に、静内地区《シブチャリ》のコタンコロクルにして蝦夷地東部集団《メナシクル》の惣大将だったシャクシャインが、アイヌモシリの乙名（長）らを糾合し反乱を起こした。勢いに乗るシャクシャインは日高《ヒダカ》、胆振《イブリ》を進撃する。だが、クンヌイ川で松前藩の反撃に遭い総崩れとなった。結局、シャクシャインは松前藩の謀略に嵌《はま》り殺され、反乱は鎮定された。この乱のとき、松前藩がクンヌイ川まですんなり押し出せたのは、西蝦夷の大酋長ハウカセと、渡島地域のいわゆる〝お味方アイヌ〟とが、シャクシャインに同調しなかったからだ。

自分たちコタンの先祖がマツマエの進撃に目をつぶったという事実は、子供の頃のイカシバにとって心の傷となった。父ペンケイやリキノの父らにアイヌとしての誇りや歴史を教わったところで、「オレたちの先祖は同胞《ウタリ》を裏切った」という声が何かの拍子に頭の中で聞こえた。幼いイカシバの心の中に芽生えた「同胞《ウタリ》を裏切った」というその言葉は、しこりのようにいつまでも残り、今でも外界を見る目に影響を及ぼしている。

いま落部村は、和人の平次郎が村年寄としてのお役を公儀から預かり、アイヌと和人の融和を図りながらうまくやっている。平次郎は事なかれ主義の小心者だが、そのぶん強権的な振舞いもなく、アイヌと和人双方の信任を得ているといっていい。

それでも、平次郎ら村役人に慣れ親しもうという気持ちは、イカシバの中には生まれなかった。イカシバの心の奥底には、どんなことがあっても同胞《ウタリ》を裏切らない、という怒りにも似た矜持が、深い湖に眠るイトウ《チライ》のように蟠り、それが堰となって和気を抑え込んでいた。

「それにしても、今朝は早いのね」

チハの声で我に返る。

太陽が昇る前に家《チセ》を出たのは、チハの安否を確認するためばかりではない。村長《コタンコロクル》のイナワニに報告することがあったのだ。

昨夕のことである。

いわゆる伯楽であった父ペンケイに幼いころから手ほどきを受け、動物を診る技に長けていたイカシバは、コタンの見回りを兼ね各家の家畜の様子を見てきた後、自宅で自身の家畜の世話をしたり、保存食の調理や冬の狩りの準備などをしていた。

陽も陰ってきて冬の短い一日が終わろうというとき、コタン内を行く数人の外国人と髷を結った洋装の和人一人を見た。彼らは、オトシベ川の向こう岸の、ちょうど先祖の墓のある方角から街道に出ようとしているところだった。薄暗くなり始めた時分で距離もあったため、一人一人の相貌まではわからなかったが、外国人は全員騎乗し、和人らしき者は大きな荷駄を曳いていた。街道に出た彼らは森村方面に進路を取り、間もなく山の陰に消えた。

開国し箱館が条約港に指定されて以来、外国人は特に珍しくもない。本来であれば、外国人は箱館の居留地から十里より外には出られないことになっていたが、幕府は規定外の遊歩を黙認していたため今回のように街道を往く彼らや、箱館市内を往来する者らをイカシバも何度か目にしている。

だから、単にコタンを通り過ぎたというだけのことなら、さして気にもならない。わざわざ急いでイナワニに報告するまでもない。しかし、到底役人とは思えない洋装の和人を引き連れた彼らは、途中に岩吉の家とアイヌ墓地しかない、渡島連山へと続く道から出てきた。

行動の不自然さもさることながら、イカシバはその一団の雰囲気がなんとなく気になった。普段なら公儀の役人すら委縮させるほど我がもの顔に振る舞う彼らが、和人の曳く大きな荷駄を囲んで警戒するように歩いていた。イカシバは夜具にくるまってからもその荷駄が何度も頭に浮かんできて寝付けなかった。

「ああ、長老《エカシ》に報告があってな」イカシバは、空いた手でチハを支えながら言った。「報告が済んだら、今日の分の水汲みは後でオレがやってやる」

チハはもう一度嬉しそうに「ありがとう」と言った。

北の大地に住むアイヌたちにとってとりあえずにして最大の困難は、ひしめき合う神々が織りなす天候といえる。とくに寒さや風雪雨は毎年必ず襲ってくるもので、生活様式はそれらに重きを置いてなさなければならない。そういうわけでコタンの大方の家《チセ》には、寒気や風雨の侵入を防ぐ玄関のようなセムという前室が付属しているが、山中の仮家では、コタンコロクルの住まい以外それがなかった。

「エカシ、おられますか。イカシバです」

イカシバはセムの内側から熊笹葺きの扉越しに、現コタンコロクルであるイナワニの在宅を確認した。

「おお、イカシバか。今日は早いな。中へ入れ」

イナワニのこもった声が中から応じる。

その声に従ってイカシバが戸を開けると、イナワニは囲炉裏《アペオイ》の長辺に座していた。奥にある神窓《ロルンプラヤ》が開かれ、イナワニの前には祭祀用箸《イクパスィ》が置かれてあるので、朝の祈りを済ませたところなのだろう。

イナワニは五十代半ばだが、体が小さいためか実年齢より老けて見えた。豊富な髪と長い髭は白くなり、腰もだいぶ曲がっていた。ペンケイが生きていた頃からコタンの重鎮の一人で、ペンケイよりも五つほど年長だった。

挨拶を済ませたあと、イカシバは炉を挟んだ反対側の長辺に座り、コタンの状況、冬期食糧の備え、和人集落とのやり取り、幕府からのお達しの有無など、ひと通りの報告をイナワニに行った。

「そうか。では、特段変ったことはないのだな」

「それが、ひとつ気になることがありまして……」

イカシバはそう切り出してから、昨夕の不審な外国人の一団について触れた。

「狩りか何かであろうか」

狩猟のために居留外国人が箱館郊外へ出張ることはよくある。そして、狩猟の目的がアイヌや和人とは少し違うということもイカシバは聞いている。アイヌの狩人や和人の猟師のように生きるに必要な分だけを狩るのではなく、外国人の中には採取することが目的の者がいるとのことだった。だがイカシバには、自らの生活に必要としないその採取の意味がよくわからなかった。

「しかし、ついぞ鉄砲の音は聞こえませんでした」

彼らが山の奥で鉄砲を放っていたとしたら、この仮集落の者たちが聞き及ぶだろうし、山に入る前に海岸近くで鳥撃ちをしていたとしたら、その轟音はイカシバの耳にも届いたはずだ。

「何をしにきたのだろうか」

イナワニの顔に懐疑と不安の色が浮かぶ。

彼らがただの通りすがりだという確証が得られれば、イナワニもこんな表情はしないはずだ。昨日の一団には和人がいたが、西洋服を身にまとっており、幕府の役人とは思えなかった。箱館から離れた遊歩外の場所であるにもかかわらず、役人が同道せず洋装の和人だけがいるというのもおかしな話だった。

そして、あの大きな荷駄である。あれがどうにも気になった。箱館からわざわざ時間と労力をかけて、辺境の山奥まで運ばなければならないものがあるとは考えづらい。だとすれば、きっと何かを捕りに来たのだろう。鉄砲の音が聞こえなかったということは、植物でも採取にきたのか。しかし植物を採取するなら、朝の明るいうちであろうし、だいいち植生は箱館近郊となんら変わらない。彼らが箱館に住む外国人ならば、居留地の近くで採取すれば済む話だ。

また、彼らは街道を森村方向へと去って行ったが、あの遅い時刻にあの足取りで森村へ向かって行ってしまったのか。それとも、落部村入り口付近に一軒だけある庄六の旅籠屋に、あの大きな荷駄を伴ったまま逗留したのだろうか。

思い出すほどに疑問が次々と浮かび、イカシバは嫌な感じがした。

「コタンに戻ってすぐに彼らの跡を追ってみます」

「うむ、頼む」

胸騒ぎが募った。山を下りる前にチハの力仕事を手伝ってやろうと思っていたが、その時間も惜しまれるほど不吉なものが押し寄せた。

〈やむを得ない。チハにはすまないが、すぐに山を下りよう〉

まずは彼らが出てきた山道を墓地の方まで行って何か変わったことがないか確認し、そのあと岩吉の家を訪ね、それから和人の集落へ行ってみよう、とイカシバは考えた。何か変事があればきっと和人が知っているはずだ。もっとも、昨夜のうちに和人が何も言ってこないということは、特に何があったわけでもなく。ただの取り越し苦労なのかもしれない。

「エカシ！　エカシはおられるか、入るぞ！」

扉の向こうから聞こえた差し迫った声に〈この声はトリキサン〉とイカシバが気づくより早く扉が開いた。

入り口に目を遣ると、怒気に満ちた武骨な体躯が戸口を塞ぐように立っていた。トリキサンの角張った顔は、険しさと悲哀の入り混じった、イカシバがかつて見たことのない気配に覆われていた。

「エカシ、コタンで大変なことが起こった」

そう言ってトリキサンは、イカシバを一瞥すらせず、大股でイナワニのほうへ進んだ。

「おお、イカシバ、ここにおったか。ならば、ちょうどよい」

トリキサンが移動したことで戸口に姿を現したイタキサンは、イカシバの存在にすぐに気づいたらしく、白毛交じりの髭を控えめに動かしながらそう言った。

礼を欠いた騒々しい登場にもかかわらず、イナワニは「どうしたのだ?」と言いながら二人に座るよう促した。

「墓が暴かれた」

「なんだと⁉」

「先祖の骨が盗まれた」

トリキサンは言いながら座に就いて、睨むような目つきでイナワニを見たあと、初めてイカシバに視線を移した。

イカシバはトリキサンの視線を受けながら、昨日目にした、洋装の和人が牽《ひ》く大きな荷駄と、馬で闊歩する異人たちの姿とを思い浮かべた。的外れな思い込みであってほしいと願いながらも、あの荷車で運ばれていたものがトリキサンの言葉の意味するところと結びついた。そして、そんな想像が簡単にできる自分を呪った。

「どういうことだ？　お前たちが直に見たのか？」

　イナワニは動揺を隠すことなく二人に訊いた。

　イタキサンがその問いに何か応えようとするのを、

「誰がやったんだ？」と、イナワニはイタキサンの応えを制するごとく立て続けに尋ね、なにかを思いついたようにイカシバを見た。

「さきほど、オカホとエリキがコタンから上がってきた」

　イタキサンは、まず落ち着いてくれと言わんばかりに、コタンに残っている免疫保持者の二人の子供の名前を口にした。「その二人から聞いたのだ」と、イタキサンは子供らから聞いた話を説明しだした。

　幕府の種痘を受けていた十歳になるオカホと五歳のエリキは聖なる山にこもる必要はなく、村に残って仲のいい岩吉の子供たちと遊ぶことができた。今日も岩吉の子供らと朝から木の実を取って遊ぶ約束をしていたらしく、岩吉の家へと向かっていたところ、途中、岩吉本人と出くわした。

「ちょうどよい、先ほどイカシバの家に行ったのだがおらんかったで、ちょうどお前たちの家に向かっていたところだ」と、岩吉は昨日アイヌ墓地でみずからが遭遇した出来事を話した。

岩吉からことの顚末を聞いたオカホは、子供ながらも大変なことが起こったのを理解し、エリキの手を引いてその足でイカシバの家《チセ》に行った。家の中の様子を見ると、岩吉の言うとおりイカシバはおらず、どうやら朝早いうちに家を出て山の集落に向かったようだったので、オカホとエリキはそのまま山に登り、イタキサンのところへ知らせに来たのだった。

「異人たちが墓を荒らすところを、岩吉本人が見たというのだな？」というイナワニの問いに、

「岩吉たちは鉄砲で脅されて逃げ帰ったということだから、初めから終わりまで見ていたわけではないだろうが、墓を掘り返しているところは見たというのだ」とイタキサンが答える。

「ならば、まずは確かめねばならん。本当に墓が暴かれたのか、お前たちはすぐに里へ下りて、それを確かめてくれ」

イナワニは苦悶するような表情でイカシバら三人の男たちに言った。

もし本当に墓が暴かれたのであれば、イカシバらコタンのアイヌにとっては前代未聞の出来事だった。カムイの世界に送ったはずの先祖の魂が、黄泉の国から引きずり出されたのだ。きっとカムイは激怒する。どんな災いに見舞われるかわからない。

〈昨日のうちに、あのときになんとかしておれば〉

後悔しかない。

鉄砲を持っていたということだが、あの時に追いすがっていれば何とかなったかもしれない。いや、何とかしなければならなかった。相手が鉄砲を持っていようが刀を差していようが、体を張って骨の略奪を阻止しなければならなかった。

〈気にかかったのなら、なぜあの時追わなかったのか〉

イカシバは己の状況判断の甘さに臍《ほぞ》を噛んだ。和人や異人のような禁忌にも似た存在にはなるべく関わりたくない、という自分の怠惰に腹が立った。と同時に岩吉にも不満がつのった。どうして岩吉は昨夜のうちに知らせてくれなかったのか。鉄砲で狙われ逃げ帰り、恐ろしくてその後は家から出ることができなかったとオカホには言い訳したようだが、本当にそれだけが理由だったのだろうか。自分たち和人ではなくアイヌに起こった災いだから、報告が多少遅れてもいいと高をくくったのではなかろうか。

イカシバは、イタキサン、トリキサンとともに急坂を駆け下りながら、そんなことに頭を巡らせた。

〈結局、異人の横暴を許しているのは和人だ〉

悲しみとも怒りとも諦めともつかない感情に、胸の奥が疼いた。イカシバにはそれが、先祖の代からこそげ落とすことのできない垢のように思えた。

骨が掘り出された墓穴の脇には土が乱雑に盛られていた。埋め戻して犯行現場を取り繕おうという意思は微塵も感じられなかった。

そんな無慈悲な穴はおよそ十三箇所におよんだ。イカシバの父で前《さき》のコタンコロクル、ペンケイの遺骸もなくなっていた。

イカシバは空しくなった穴を見て立ちすくんだ。取り返すことのできない時間を妬み、その時間の綻びを自らで繕えなかったことを呪った。

「大丈夫か、イカシバ」イタキサンがイカシバの肩を掴む。「ぐずぐずしてはおられん。岩吉のところへ行こう」

イカシバら三人は掘り出された遺骸の数とその家系をすみやかに確認し、岩吉の家へと向かった。

家の前に着くと戸が固く閉ざされていたので、はじめ岩吉は留守かと思ったが、名乗りをあげて戸を叩くと、怯え切った岩吉が隙間から顔を出した。周囲を確かめるようにしてイカシバらを家の中に引き入れたのち、盗掘の行われたその時の状況を、岩吉は声を潜めながら話した。

岩吉が遭遇した盗掘団とイカシバが目にした一団は、外国人三人と洋装の和人一人という構成で一致した。

三人の外国人は、一人が中年の肥満で金髪のあばた面、他の二人は痩せていて、うち一人がまだ若く、もう一人の中年のほうが岩吉と久助に銃口を向けたという。洋装の和人は岩吉も久助も見たことのない男だったというから、この辺の者ではないのだろう。

イタキサンが実地で検分したいから墓場まで同行してくれと岩吉に頼んだが、岩吉は思い出すのも恐ろしいとそれを断った。

岩吉の非協力的な態度に、〈臆病者め〉とイカシバは心の中で罵倒したが、確かに、銃口を向けられる恐怖は戦場に出た者でなければわからないかもしれない。

「どうする」

イカシバら三人は、これからのことを話し合った。

外国人たちが落部村を後にしたのが昨日の夕暮れである。森村までは距離があるので、もしかしたら旅籠屋の庄六のところに一泊しているかもしれない。今日の夜明けに庄六のところを出立したとしたら、今ならまだどこかで追いつける。しかし、現況報告と追跡許可のために仮集落のイナワニのところまで戻っていたら、大切な時間を浪費する。

イカシバとトリキサンは、この場からすぐ外国人らの跡を追うことを主張した。

だが年長のイタキサンはそれを押しとどめた。

外国人らは鉄砲を所持している。しかも躊躇なく岩吉と久助に銃口を向けたのだ。仮に追いついたとしても、そんな彼らが簡単にこちらの要求を受け入れるとは思えない。そこで揉めれば不測の事態が起こりかねない。まずは仮集落に戻って長老たちと相談すべきだ、とイタキサンは言った。

「いや、追いつけるかもしれないのなら、今すぐ我々だけでも追いましょう」

イカシバは珍しくイタキサンの意見に対立した。

イカシバは昨日の自分の判断が甘かったと悔やんでいる。できることならその失敗を雪《そそ》ぎたいと思った。それに何よりも、自分の父の骨が盗み取られたのだ。自らの手で取り返したいし、自分が取り返さなければ一族が先祖の魂からどんな災いを被《こうむ》るかわからない。一刻の猶予もなかった。

「そうだ、鉄砲なんぞ怖くはない」

トリキサンはその広い肩幅を怒らせてイカシバに同調した。

「何かあればコタンの皆に迷惑がかかる」イタキサンが諭《さと》す。「骨を取り返すという正義はこちらにある。しかし相手は異人だ。諍《いさか》いになれば鉄砲だって使うだろう。逆にもしこちらが異人を害せば、後でどのような仕返しに遭うかわからない。実際に幕府ですら奴らを裁くことができないでいるのだ。ことと次第によってはコタンが皆殺しに遭うどころか、アイヌモシリ全土、いや、日本《ひのもと》全部が俺たち三人のせいで滅ぼされるかもしれない」

言いながらイタキサンは、イカシバとトリキサンの前に立ちはだかるようにした。

「では、先祖の魂はどうするのですか！　私の父の骸は放っておけというのですか！」

「そんなことは言ってない。動くにしても、まずは状況を理解することが大事だ。そのために集められるだけの情報を集めよう」

まずは彼らの足取りだ。異人たちは本当に森村方面へ向かったのか、それともどこかに宿泊したのか。集落を出て行った後の動向を把握するのが先決だ——このイタキサンの言に従い、三人は旅籠屋の庄六を訪ねることにした。

普段と顔つきの違うイカシバらが揃って訪れたことに、庄六は目を丸くした。

「昨日といい、今日といい、なんか騒ぎか？」

「昨日とはどういうことだ？　やはり異人が立ち寄ったのか⁉」

トリキサンが色めきだった。

「ああ、来たぞ。よう知っとるな」

庄六がトリキサンの勢いにたじろぐように言った。

昨日の昼頃と夕方、確かにイギリスなる国の異人たちが庄六の旅籠で休息を取っていった。夕方立ち寄ったときには、行きに空だった荷車に何か積まれていたようだったが、筵が厚く掛けられていたため中身まではわからなかった。異人らは森村に一泊すると言って、僅かな休息後に出て行ったという。

「和人が荷駄を引いていたから、今すぐ馬を駆れば、どこかで追いつけるかもしれんが……」

庄六が言った。

一人で追うならコタンまで戻って自分の馬を駆ればいいが、三人で追うとなると更に二頭の馬が必要だ。人のものをかき集めなければならないから手間がかかる。それに和人でもアイヌでも、侍でない者が騎乗して往来を行くことはできない。あとで仕置きを受ける覚悟がいる。

「戻ってコタンコロクルに報告し、すぐさま年寄衆を集めて談判《チャランケ》しよう」

コタンの内外に何か瑕疵があれば談判《チャランケ》するのは長い歴史の中の伝統だ。それにいくら勇んでみても、先ほどのイタキサンの説得には突きつけられるような真実味があった。自分の身はどうなっても構わないが、そのためにチハや他の者たちが凌辱されたり惨殺されたりするのは、

イカシバにとって何よりも恐ろしかった。しかも庄六が言うには、そのイギリスという国は数年前、薩摩や長州とも戦をし、薩摩は城下を焼かれ、長州は手痛い敗北を喫したという。今まであれだけアイヌを苦しめてきた和人のサムライたちがあっけなく負けたのだ。

イカシバはイタキサンの言葉に従わざるを得なかった。

イカシバら三人が山の仮集落に戻ったのは正午近かった。

報告を受けたイナワニはすぐさまコタンの長老らを招集してチャランケした。

結論は早かった。相手が外国人となれば、幕府の箱館奉行所に訴え出る以外手はない。

「しかし、和人《シャモ》が我らに合力してくれるだろうか」誰かがそんなことを言った。

確かに、和人がこの蝦夷地《アイヌモシリ》に立ち入ってから今日《こんにち》まで、アイヌのためにしてくれたことは何もなかったと言っていい。松前藩《マツマエ》やそのお抱えの商人などは搾取するばかりで、アイヌのために行動を起こしてくれた者など一人としてない。ロシアの南進が始まってからだって、松前藩《マツマエ》はアイヌモシリの恵みを収奪することにのみ執着し、北の防人たる役目をまっとうしようとはしなかった。今は幕府がこのアイヌモシリのほとんどを管轄しているが、きっと幕府のサムライも同じだろう。松前藩《マツマエ》と和人商人だけが巨利をあげ、アイヌが奴隷のように扱われる基となった場所請負制だって、蝦夷地が天領となっても依然そのままだった。その制度が見直されないままに、新統治者の幕府は異国と不平等な約束を結んだ。きっとそのツケは和人という支配者を通してアイヌに回ってくるはずだ。結局、アイヌにとっては搾取する侵略者が増えたに過ぎない。

そんなことを考えると、外国人相手の出訴に公儀が耳を傾けてくれるとは、イカシバには思えなかった。

「支配が変わっても我らの現状は何も変わってない。ゆえに奉行が力になってくれるかどうかはまことに心もとない。だが、今の我らにはこれしか方法がない。他の仕方を考える猶予もない」

イナワニは顔の皺を悲痛に歪ませた。

遺骨を取り返すために皆で外国人を襲えば、外国と幕府までも敵に回すことになる。外国と幕府の連合軍が攻めてくれば、オトシベコタンどころかアイヌ民族すべてがひとたまりもないだろう。

とにかく一刻を争う事態だった。先祖があの世にも行けず、この世にもとどまれずにいるのだ。望み薄だからといって手をこまねいている場合ではない。現状では公儀に訴えるしか手はなかった。

今の箱館奉行は小出大和守秀実《こいでやまとのかみほずみ》という旗本だ。年齢は確か三十ちょっと。官吏の長としてはまだ若造といっていい。家柄だけでここまで出世してきたのだろう。そんな者が外国人を相手にこちらの要求を押し通せるだろうか。

〈奉行とてシャモだ。シャモが異人にものを申せるわけがない。どうせオレたちは適当にお茶を濁されて終わる〉そんな諦めにも似た考えが浮かんだ。だが、当然捨て置くことはできない。

イカシバは雑念を払うように一度大きく頭を振ってから、イナワニに向いた。

「エカシ、オレを箱館に行かせてください」

代々コタンコロクルの系譜を継ぐ者といえども、イタキサン、トリキサンという補佐役を差し置いてこのような意向を述べるのは異例なことだったが、イカシバはなんとしても異人に食らいついてやろうと思った。この事件の顚末を見届け、できれば自らの手で解決を図りたかった。

イカシバの申し出にイナワニが思案顔でいると、

「よいのではないですかな。イカシバにしてみれば、父の骨も盗まれたわけですし。父のために為すのは子の孝でしょう」とイタキサンが言った。そして、ことは急を要するので、体の節々を痛めている年配の自分が行くよりも、壮年のトリキサンとイカシバの二人で早駆けしたほうがよいでしょう、と具申した。

イタキサンの言に誰も異論はなかった。さすれば善は急げということになり、正使はトリキサン、イカシバはその随伴とし、箱館奉行所へ差し向けることになった。

「しかし、我々がいきなり奉行所に押しかけたら、役人に受け付けてもらえないどころか、ことによっては強訴との嫌疑をかけられ、捕えられはしまいか?」長老の一人が言った。

みな一瞬黙り込んだ。その沈黙は誰もが和人に期待していない証拠でもあった。

「平次郎に同道してもらったらどうだろうか」

松前藩の場所請負人が支配するコタンの中には、和人の横暴のためにアイヌと和人が反目するところも多かったが、オトシベ集落は長いあいだ揉めることもなくやってきた。この度の天然痘流行においても、幕府から通達されている種痘施術を和人の村役人がアイヌに勧めるなど、協力関係は依然維持されている。落部村の年寄平次郎は、そんな長年にわたる村の協調関係を継承していた。この融和的な和人を訴えの一味に加えれば、少なくとも強訴扱いされるということはないはずだ。

平次郎は数日前、用米を借りだすため箱館の運上会所に赴いており、まだ帰ってきていない。今からすぐ出発して箱館で平次郎を捕まえれば、その足で奉行所に訴え出ることができる。平次郎ら村役人が止宿する場所は八幡坂会所町にある郷宿、六ヶ場所宿のはずだ。

「トリキサン、イカシバ、頼んだぞ。なんとしても箱館で平次郎の助力を得てくれ」

「心得ました」

コタンに戻ってすぐに旅支度をしようとイナワニの家《チセ》を出ると、心配そうに取り巻くウタリたちの中にチハの姿があった。

「少しのあいだコタンを離れる。今日は水くみを手伝ってやれずにすまなかった」

「ううん、いいの。それよりも気を付けて」

チハの言葉にイカシバは笑顔を作って応えた。

イカシバはチハへの視線を引きちぎるようにして振り向き、コタンを目指して駆け出した。

すでに朝晩の気温は氷点下まで落ちる。いつまた雪が降ってもおかしくない。家《チセ》に戻ったイカシバは防寒対策を密にして旅支度を整えた。例年積雪の多い赤井川あたりで突然の大雪に見舞われないともかぎらないので、念のため保存食も携帯した。

イカシバの支度が終わるか終わらないかの頃合いに、旅装のトリキサンが山から下りてきた。

身も心も出立の準備ができた二人はまず、平次郎留守中の代理村役人のところに行き、旅程を届け出た。

村役人も内容を聞いて驚きの色を隠さなかった。急な届にもかかわらず村役人は手形を発出してくれた。

旅籠屋の庄六は、イカシバが遠目で見た異人たちの風貌を奉行所で尋ねられた場合に備えて、彼ら一人一人の様子を詳しく教えてくれた。

コタンに残っているウタリも、イカシバらを知る和人も、気を付けて行ってこい、と街道筋まで見送ってくれた。

それらの餞《はなむけ》にイカシバは首《こうべ》を垂れた。そして彼らに背を向け、行く先箱館の上に広がる空を睨みつけた。
〈そもそも和人《シャモ》が異人を日本《ひのもと》に入れたりしなければ、こんなことにはならなかった〉
蝦夷駒ケ岳《カヤベヌプリ》が冬の青空にかすかな噴煙を上げていた。

イカシバ　2

―慶応元（一八六五）年十月二十四日―

平次郎が逗留しているはずの六ヶ場所宿がある会所町は、その名のとおり公儀の産物会所があり、箱館市外の役人や町人、百姓などが、用務で上箱《じょうかん》した折に足を休める施設が多く集まっていた。中でも六ヶ場所宿は、場所請負制に基づくいわゆる箱館六箇場所（おおむね、小安・戸井・尻岸内・尾札部・茅部・野田追の各場所）の村役人などのために設えられた宿所である。

イカシバとトリキサンがオトシベコタンを出立したのが十月二十二日の昼頃、箱館に入ったのは翌々日二十四日の早朝だった。

箱館に来たのは久方ぶりだった。以前に訪れた時も「大きな街だ」という印象はあったが、箱館はさらに大きくなり変貌の最中だった。人が目まぐるしく往来し、建物や町割りも変わり始めていた。板屋根の建物が減り、瓦や平たい金属のようなものを敷いた屋根が目を引いた。初めて見る西洋風の家屋もそこかしこにあった。そして何よりも、朝早くからたくさんの外国人が市中を歩いていた。

イカシバは外国人を見るたびに、〈こやつらが先祖の骨を持ち去ったイギリス人ではないか〉と懐疑の眼差しを向けながら、街道を臥牛山（箱館山）目掛けて突き進み、箱館の深奥部ともいえるところまで歩いてきた。

かつて箱館御役所は旧松前奉行所屋敷を政庁として使っており、会所町からは目と鼻の先だったが、元治元（一八六四）年に箱館の手前の亀田村に移転していた。そのため平次郎を探しに会所町まで来たイカシバらは、出訴先の現奉行所を通り過ぎ、一里半ほど余計に歩いたことになる。往復だと三里だから、時間にすると二刻弱の浪費だ。だが、なんとしても平次郎に助力を頼まなければならないから仕方ない。

臥牛山へと続く坂の麓のようなところに位置する六ヶ場所宿は港からも近く、きれいな弧を描いた箱館湾が遠望できる。蝦夷地内外の産物が集まるこの会所町界隈は特に人の往来が盛んで、イカシバらが着いた時も、宿からはひっきりなしに人が出入りしていた。

イカシバとトリキサンが民族服で宿の門口に立つと、イカシバらが探す手間もいらず、

「おお、お前たち、どうしたのだ」と、平次郎のほうが二人に気づいた。

驚いたようすでイカシバらのほうに向かってくる平次郎の表情は、近づくにつれ曇っていく。

それはそうだろう。とりたてて何もないこの時期に、表情の冴えないアイヌが二人、村に帰る自分を待てずにいきなり会いに来たのだ。何かよくないことがあったと考えるほうが自然だ。

逗留する者たちは通常、待合の大板間で客などと面会するが、平次郎はイカシバとトリキサンを自分の寝泊まりしている一画へと導いた。

時折声が大きくなるトリキサンをなだめつつ、二人から事情を聞いた平次郎は見るからに狼狽していた。

「きっと何かの間違いだ。異人が墓荒らしなど、そんなことあるはずがない。もう一度よく確かめてみよ」

「間違いない。この目で確かめた」

トリキサンはその太い腕で床板を叩かんばかりに突っぱね、平次郎ににじり寄った。

「なぜ骨など盗む。異人がアイヌの骨を必要とする理由はなんだ」

平次郎の疑問はもっともだ。深刻な事態のためにさまざまな感情だけが渦巻いて考えも及ばなかったが、骨など盗んでどうするのだろうか。彼らの宗教の儀式や呪術に使うのか。煎じて薬にするのか。だが、自分たちよりはるかに高度な文明を持つ外国人が、そういう古めかしい因習に固執しているとは思えない。

「そんなことはわからん。俺たちが訊きたいくらいだ」

トリキサンのいかつい顔に悔しさが滲む。

「お上に訴え出るのだぞ。しかも相手は異人だ。万が一にでも申し立てに誤りがあったら、どんなお咎めを受けるか」平次郎が尻すぼみに言う。

「だからと言って、またコタンまで戻れというのか」

イカシバも詰め寄った。

平次郎は聞こえるか聞こえないかの声で「そうだ」と言って頷いた。

「もう一度確かめたとて同じことだ。オレたちが戻ってきて、確かめた、と言ったところで、平次郎さんはそれをどうやって確認する？　コタンに戻って再び確かめろというなら、あんたも一緒にもどってもらわないとただの堂々巡りだ」

イカシバの言葉も荒くなった。

アイヌの事件だから自分たちには関係ない、と平次郎が思っているわけでないことはわかっている。亡き父ペンケイとも仲が良く、ともに落部集落の運営に尽力してきた平次郎なのだ。

だが如何せん、彼は小心者だった。要するに、ことが真実であれば国際問題にもなりかねず、それを奉行所に訴え出るということは、箱館奉行どころか将軍家までも巻き込むことになり、小役人気性の平次郎にとっては驚天動地の迷惑ごとなのだ。

「わしが今すぐに戻れんことはわかるだろう。だからこそだ、」平次郎はイカシバの言葉を待っていたかのように言った。「助役《すけやく》から墨付き念書をもらってこい」

筆頭年寄の平次郎を補佐する助役らの確認書を持ってこいと平次郎は言う。

イカシバは平次郎の心の内がだんだんとわかってきた。何か瑕疵《かし》があった場合、なんとしても自分一人が責を負いたくはないのだ。

「また幾日も費やせというのか？ 骨が盗まれたのは間違いないのだ！ だから村役人も通行手形を出してくれたんだぞ！」

トリキサンは掴みかからんばかりの勢いだった。

他の宿泊者が耳をそばだてているのが伺えた。

「手形と念書は別物だ。念書がなければ訴状が作れぬ。訴状を書き上げれば奉行所にも同行できよう」

悠長なことを言う平次郎にイカシバも腹が立った。片道十五里以上の道のりを往復するのは途轍もなく難儀だ。一刻も早く骨を取り返したいのに、さらに二日も三日も無為な時を送るのは耐え難い。だがそれだけに、こんなところで確証がいるだのいらないだのと大切な時間を浪費したくもなかった。助役らの墨付があれば平次郎は奉行所に行くと言っている。

「墨付きがあれば、ともに奉行所へ行ってくれるのだな?」

「もちろんだ」

　返答した平次郎の目をじっと見たあと、イカシバはトリキサンに顔を向けた。

「やむを得ん」

　奉行所に訴え出る手続きがどのようなものかはわからないが、何か書付のようなものが要るのはなんとなくわかる。

　イカシバとトリキサンはコタンに一度戻ることにした。

　会所町を後にしたイカシバらの足取りは重かったが、無常に刻まれる時の流れに抗うように二人は先を急いだ。

「平次郎は自分の保身ばかりだ。平次郎だけではない。和人は押し並べて利益にならないことを嫌う。自分の平時を犠牲にして何かをやろうとはしない。盗まれた先祖の骨が俺たちにとってどれほど大切なものかをわかっちゃいない。あいつらは保身や面子のほうがよほど大事なのだ」

　トリキサンは速足で土を踏みつけながら言った。

イカシバはそれには何も応えなかったが、頭の中で〈オレは先祖とは違う。同胞を裏切ったりはしない。もしシャクシャインの時に生まれていればともに戦っていた。だからいよいよになればオレは戦う〉と、物心ついた時にたびたび思ったことを頭の中で反芻していた。

オトシベに戻って事の成り行きを話すと、イナワニはじめ長老《エカシ》たちは一様に落胆や怒りの色を滲ませたが、墨付念書があれば奉行所に同道すると言う平次郎の言葉を得て、すぐさまイタキサンらに和人集落へ行くよう指示が下りた。

イタキサン、トリキサン、イカシバの三人は、落部村の助役らに事情を話して回った。盗掘のことをすでに知っていた彼らは、特に渋ることもなく墨付を書いてくれた。

念書も整い、いざ箱館へ、となったときに、トリキサンが「エカシも同道してはくれまいか」とイタキサンに言った。

コタンに戻る道すがら、箱館での平次郎のかたくなな態度を思い出すにつけ、相手が幕府の法度の及ばない外国人であるだけに、彼の言うことも一理あると認めたトリキサンは、奉行所相手に冷静な対応をするにはコタンの中老たるイタキサンがいたほうがいいと考えた。

「そうであれば三人で参ろう」

かくして、イタキサン、トリキサン、イカシバの三人は、途中借馬を使いもしたが、わずか一日でオトシベー箱館間を踏破し、十月二十六日昼前、再度平次郎を訪ねたのだった。

最初、平次郎は「イタキサンも来たのか」と、やや迷惑そうな声をあげたが、イタキサンが渡した墨付を確認したら、

「わかった。これから訴状を作るから少し待っててくれ」と、腹をくくったようだった。

平次郎を加えた四人が六ヶ場所宿を出たのは昼頃だった。会所町から奉行所のある亀田村までは一刻ほどかかる。お役所が開庁しているうちに着きたいので、自然足早になる。

開港する以前の箱館は、漁村に毛が生えた程度の街だった。幼かったイカシバの記憶でも、箱館に出たからといってヒトやモノの多さに驚いたということはない。だが今の箱館はまるで異国のようだった。

「御用である。罷り通る！」

公儀の役人らしき侍が、人通りの多い市中街道筋を馬で走り抜けていく。イカシバたちの脇をすり抜ける際、侍がチラッと自分たちを見たような気がした。

大きな船や外国船までが出入りするようになり、ヒト、モノ、カネが集まりだし、たくさんの外国人が箱館市中を歩くようになった。いろいろなところから様々な人が集まればいざこざ

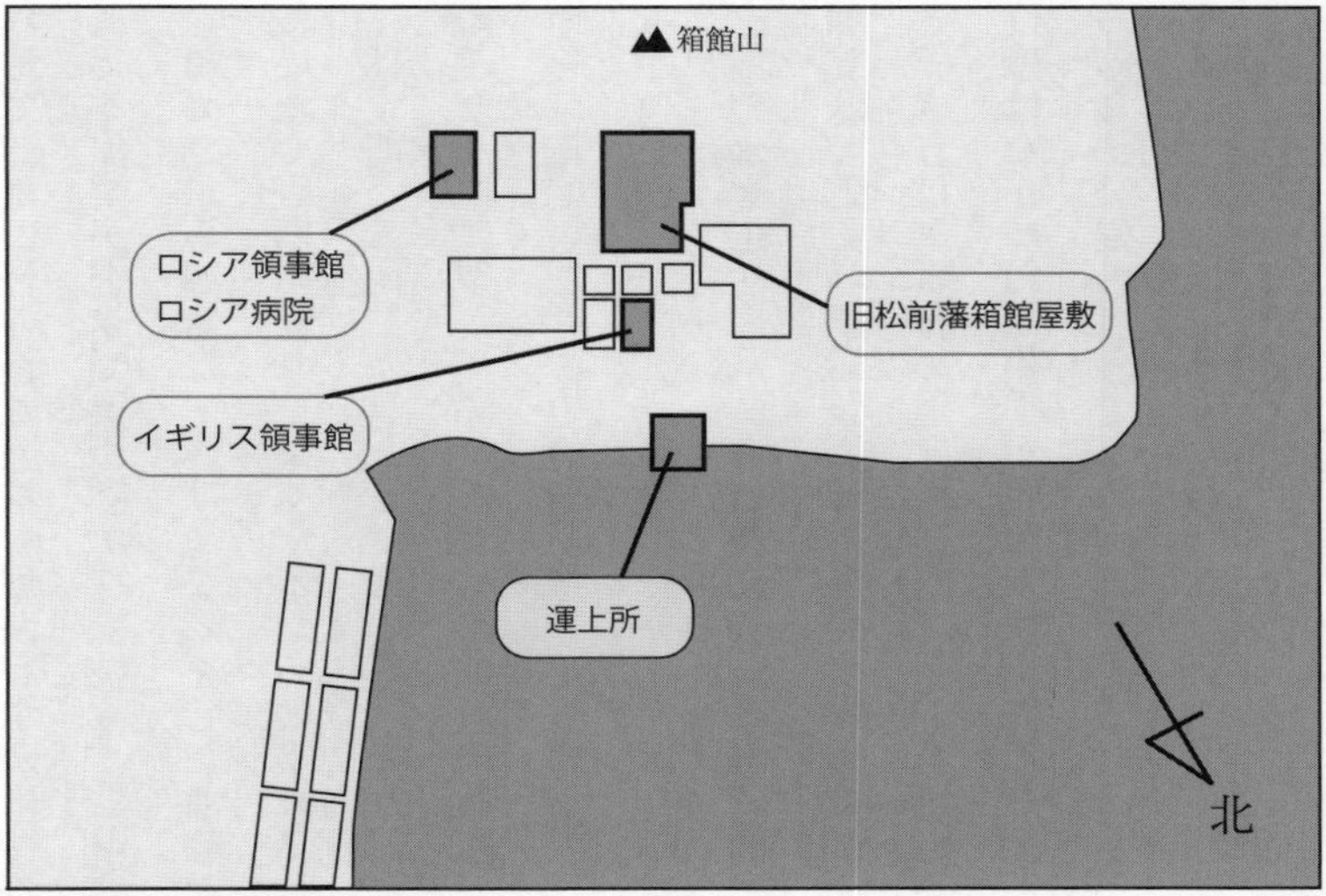

舞台年代の箱館市街略図

も増える。幕府は治安を維持するのにも苦労しているに違いない。市中の殷賑《いんしん》と、慌ただしく亀田方面へ走り去っていった侍の態度とが、イカシバにそんなことを考えさせた。

急速に発展し日々刻々と姿を変える箱館も、半刻ほど歩けば喧騒から離れ、百姓家がぽつんぽつんと建つ畑地が広かる。一見荒涼とも言える風景の中を、なだらかに上る街道に従って歩いていく。やがて街道から右に逸れる道へ入り少し行くと、寒村に似つかわしくない構造物が見えてきた。新設の奉行所は見通しの良い殺風景な場所にある。堀外の北に位置する幕吏の役宅以外、周りは柳の雑林や萱、葦などが茂る荒れ地で、亀田村の百姓の耕す畑がわずかにあるくらいだ。冬期のためか、城塞の内外に赤松を植える作業が中途で留め置かれている。亀田御役所はまだ完成してないようだった。

イカシバら四名は、いびつな形をした曲輪《くるわ》の、南面に張り出した出丸のような突起部に達していた。表門の守りを堅くするための半月堡という出丸らしい。そこにかかる二の橋の向こうには正門たる南門が見える。梁のしっかりした木橋が、イカシバたちをまっすぐ門へと誘《いざな》うかのごとく堀に架かっている。清流亀田川から引き込んだ水が堀内を満たし、整然たる石垣に調和を与えていた。この美観を持った城郭が、日本では稀な西洋式の掘割で、五稜の形をしているとのことだったが、平地《ひらち》を行くイカシバには今一つピンとこなかった。

堀の水は生活用水にも使われているだけあって清冽としている。その水面に西陽が反射して目にまぶしい。暦はほどなく冬至となるため、未の下刻にもなると夕方の趣を帯びる。

できれば御奉行の退庁時刻前に、と会所町から急いで歩いてきた。しかし、イカシバには期待感はなかった。相手が外国人ゆえ他に手立てもなく、やむを得ず奉行所に話を持ち込むのだ。おそらく公儀のほうでも外国人相手となるとどうすることもできないだろう。いや、文句を言うことくらいはできるかもしれないが、それは仮に和人の骨が盗まれた場合の話だ。アイヌのために外国人と揉めるようなことはしない。和人はアイヌのためには何もやってくれない――

そんなことを考えていたら、この数日来無理を押して歩いてきた疲れが、にわかにイカシバの全身を覆った。その疲れがわずかな希望をさらに削いでいった。

〈このままコタンに帰らされるくらいなら、会所町に戻って夜にでも……〉

六ヶ場所宿からイギリス領事館はすぐそこだ。夜陰に紛れ領事館に侵入し、毒矢をもってイギリス人どもを皆殺しにできないものか、という暗鬱な思いにイカシバはたどり着く。もちろんそれが無理なのはわかっている。弓矢も毒も用意してきてはいないし、そもそも骨が領事館にあるかどうかもわからない。だが、箱館市中で見かけた外国人に敵意を募らせてきた自分の熱を冷ますには、そんな想像に頼る以外なかった。

平次郎が門衛に出訴の旨を告げると、門番の一人がすぐに内へ取り次いでくれた。

しばらくして四人は御役所に罷《まか》りこすよう言われ、防火処理された重厚な門をくぐった。これといった意匠のない門だったが、この五稜郭が外国人との戦《いくさ》を想定して築かれたと聞いていたイカシバは、高い石土塁と並んでそそり立つその門構えに、外国に対する和人の怯えを感じずにはいられなかった。

門内正面に立ちはだかる屏風土塁を巡ると、イカシバが記憶する松前の城とは趣を異にした建造物が現れた。城というよりは大きな屋敷といった感じで、屋根の上に太鼓櫓らしき楼閣が

箱館奉行所（復元）

ちょこんと突き出ている。入母屋《いりもや》造りというのだろうか、和人の役所建物によくある伝統的な形をしているが、それらよりも重々しさがある。外国に権威を示すかのような押し出しがあった。

郭内北側にある、出訴人控所の公事人腰掛に通されるのかと思ったら、門番の足軽はそのままま っすぐ、その重厚なお役所建物へイカシバら四人を誘導した。大きく張り出した玄関軒の下に入ると、押し迫るような瓦屋根の重々しい表情とは裏腹に、上がり框《かまち》から白木をふんだんに使った内側の様子が見て取れた。

「お、先ほどの。やはりそうであったか」

框の上に立っていた同心らしき侍が言った。

二十代後半とおぼしきその男の顔をよくよく見ると、先ほど箱館市中でイカシバらの脇を馬ですり抜けていった侍だった。馬上から顔を向けられたので、イカシバだけではなく平次郎らもあの時の侍だと認識したようだったが、侍の「やはりそうであったか」の意味が今ひとつわからず、「へぇ、恐れ入ります」という平次郎の言葉のみが侍への返答となった。

「まあ、上がるがよい」

侍のその言葉に平次郎が驚いたようすで、「よいのですか?」と訊いた。

「無論だ」

恐る恐る草鞋を脱ぐ平次郎に倣い、イカシバら三人も手水《ちょうず》を使って足を拭う。

「四名ならば、談所では狭いかな」と侍は独りごちながら、イカシバたちを右の広い間に案内した。

詰所にいる足軽らに長火鉢を持ってくるよう命じたあと「この間《ま》にてしばし待て」と言い置いて侍は去っていった。

飾り気のない簡素な部屋である。力の象徴として財宝を常に身近に置いてあるアイヌの屋敷内と比べれば、無味乾燥と言っていい。荒々しく漲《みなぎ》るカムイの力は感じない。だが、新築に漂う木の香りが心を落ち着かせていく。静かなるカムイの力とも言えた。イカシバは案外、和人屋敷のこの雰囲気が嫌いではなかった。

「お待たせいたした」

先ほどの同心らしき侍とは別の、位の高そうな二人の侍が部屋内《うち》に入ってきた。

「それがしは、箱館奉行所支配組頭勤方、橋本悌蔵《はしもとていぞう》と申す」と名乗った侍は四十を越えたあたりだろうか、イタキサンと同じくらいの年頃に見える。

「同じく、調役、喜多野省吾《きたのしょうご》」

もう一人は橋本よりも若く、トリキサンほどだろうか。

平次郎がやや上ずった声で、自分を含めイカシバら三名の素性と、罷りこした理由とを述べ、六ヶ場所宿でしたためた訴状をうやうやしく差し出した。

橋本と喜多野は訴状にさっと目を通し、表情を変えることなくすぐに折り畳んだ。

〈やはり歯牙にもかけないか〉

興味のないような侍らの態度にイカシバはそう思いながらも、思ったことが表情に現れないよう、半眼で畳を見ていた。

「御奉行が直に引見すると申されておる」橋本悌蔵が言った。

イカシバの視界の隅で、平次郎の体が一瞬ビクッとなった。

横を見ると、イタキサンとトリキサンも顔を見合わせている。

〈どういうことだ〉

普通であれば、目安（訴状）を提出したら目安糺《ただ》しがある。目安が理にかなったものかどうか細部まで吟味され、それ自体幾日もかかることがある、と平次郎は言っていた。

イカシバたちは大した取り調べも受けていない。橋本も喜多野も平次郎からわずかばかりの話を聞いて、訴状を読み流しただけだ。それなのに、いきなり奉行の前に連れ出されるとは。

いや、そもそも奉行が直に面談するということからして異例である。イカシバの認識では、箱館奉行は天領蝦夷地において最も権力のある和人だ。侍と出入り商人以外、よほどのことがない限りお目にかかることはない。その人間が、吟味を経ずして直に面談するという。普通の百姓や町人なら、何かお咎めでもあるのだろうか、と考えてしまう。現に、斜め後ろから見る平次郎の顔色は失せている。

だがイカシバは、この橋本の言葉と彼らの興味なさげな態度に、ふとある考えが浮かんだ。

〈奉行所の連中は、オレたちが来ることをすでに知っていたのか？〉

門前払いすらあり得ると思っていたのに、奉行所にたどり着いてからここまでが意外にも順調だった。門前払いとまではいかなくとも、面倒な手続きを要求されたりして無駄な時間を費やすはずだと思っていた。

〈いや、そんなことはどうでもよい〉

平次郎が要求した手続きのために、ここに至るまで四日もかかったのだ。奉行に会えるというのなら、ありのままを話し、とにかく助力を請うしかない。父ペンケイの骨を取り返すには、この建物の中にいる和人の総大将を頼むしかないのだ。

「されば、各々がた、参ろうか」橋本が起立を促した。「喜多野が案内《あない》するゆえ付いて行かれよ」

言った橋本はその場から立ち去り、イカシバら四名は喜多野の後に続き廊下を奥へと進み、かなり広い部屋へ通された。

「この間にて暫時待たれよ」

喜多野もいなくなり、また四人だけになった。

部屋は先ほどの部屋より広いだけでなく、かなり格式が高かった。最上座とおぼしきところは上げ座になっており、天井も格天井《ごうてんじょう》だった。入ってきた廊下側の反対面には襖が張られ、襖には、イカシバからしてみれば少し地味ではないかと思うような墨の絵が描かれている。

静かだった。他の三人の心の声が聞こえるかのようだった。

イカシバら三人より一人だけぽつんと前にいる平次郎は、まもなく出てくる奉行に一身で応対しなければならないせいか、見るからに平静ではなかった。イカシバの左に並ぶイタキサンとトリキサンも、なんとなく落ち着かないのがわかる。それに引き換えイカシバは、心の起伏が深く冷たく凪いでいくのを感じていた。この部屋の雰囲気がそうさせるのかとも思ったが、そうであれば他の三人だってイカシバと同じ気持ちになっているはずだ。この部屋は一見柔らかく、慎ましく映るが、隅々まで精緻を極め、静かな威厳に満ちている。その懐に入り、おそらく平次郎ら三人は威圧されているのだ。

〈では、オレはどうしてこんなにも落ち着いているのだろう〉

確かに和人の建築様式は嫌いではないが、これからこの地の最高権力者、和人の総大将が現れるのである。何らかの心の昂《たかぶ》りがあってもいいはずだ。

〈そんなことはどうでもいい。オレはいかなる手を使ってでも骨を取り返す。ただそれだけだ〉

イカシバは覚悟を決めていた。気圧されている場合ではない。たとえ異人と刺し違えようと、奉行に手討ちにされようと、先祖らの骨を取り返さねばならないのだ。

「御奉行のご入座である」

襖の向こうから橋本の声が聞こえた。

平次郎に合わせてイカシバらも平伏する。

襖が開き、足と着物の擦れる音が入ってきて、正面に来たところで途絶えた。

「面《おもて》を上げよ」

橋本の声が聞こえ、イカシバは畳を睨みつけていた顔を上げる。

身分の高そうな侍が正面の上げ畳に座し、脇に橋本悌蔵、喜多野省吾がいた。

色白で瓜実顔の侍は、橋本や喜多野が纏《まと》っている勤め着とは違い、渋染めの深みのある色合いの着物を着ていた。見るからに品がよい。かといっておっとりした感じはない。生真面目さと神経の細かさがその雰囲気で伝わってくる。それは月代を綺麗に剃り上げていることからも見て取れた。蝦夷地の侍は橋本や喜多野のように総髪が多い。寒い場所なので月代を剃らなくてもよいと公儀から許しが出ている。しかしこの箱館奉行小出大和守秀実は、毎日の剃刀あてを怠っていないらしい。

面を上げよと言われて顔を上げた平次郎は、何か口上を述べるべきかどうか戸惑っているのだろうか、落ち着きなく首をひっこめ、下手をすれば再び平伏せんとするありさまだった。助けを求めるかのように橋本や喜多野のほうをちらちらと見るが、橋本も喜多野も黙ったままで、部屋内のどこを見ているのか誰を見ているのか、視線は全く動かない。見ようによっては木で鼻をくくったかのようにも見える。

イカシバは狼狽気味の平次郎の姿を眺めつつ〈どうせサムライ達に高慢な物言いをされるの

だな〉と、なんとなく心の中で自嘲した。

「奉行の小出だ。遠路大儀だったな」小出がイカシバらを見ながら言った。

形式的なものなのかもしれないが、労《ねぎら》われたことにイカシバは少々驚いた。気難しげな容姿とは裏腹に、小出の声は柔和な響きを持っていた。

「訴状は読んだ。橋本からも大略は聞いたが、いま少し詳しく知りたい。そこもとらから話してくれ」

イカシバには意外な展開だった。「問題ごとを持ち込むな」とか「このたびのことは以後取り合わぬ」「諦めろ」などのことを、他言無用を付されて直に申し渡されるのではないかと正直思っていた。

平次郎は簡単な名乗りをしたあと、「詳しきことはこの者より」と、イタキサンを指名した。

イタキサンはこの数日のうちに見聞、確認した出来事を細かに申し述べた。アイヌ語によって小出が一部理解しがたかったところは平次郎が通弁した。

「なるほど、符合するな」

聞き終わった小出は、そう言いながら橋本悌蔵を見た。

イタキサン以下四人が、なんのことか、という表情を見せると、小出が「橋本、説明してやれ」

と言った。

　小出の言を受けた橋本悌蔵は、イカシバらが聞きやすいようにゆっくりとした口調で次のように説明した。

　十月二十六日、イカシバらが奉行所に来たこの日の朝方、箱館弁天町にある奉行所支配運上所にアメリカ領事エリシャ・E・ライスがやってきた。運上所に外国領事館の人間が来るのは珍しいことではないので、このとき運上所に詰めていた調役の酒井弥次右衛門《さかいやじえもん》と徒目付の折原《おりはら》林之丞《りんのじょう》は「これは、これは、岡士（領事）殿、こんな朝早くからいかがなされた」と、茶飲み話にでも来たのか、という程度の気持ちで応対した。

「少し気にかかる噂を耳にしたものですから」

　普段は豪放磊落といった態のライスが、やや声の調子を落とし浮かない顔をしていた。

「気にかかる噂とは？」

「異国人がアイヌ人の骨を盗掘しているというのですが、何かお聞きになってはいませんか？」

　酒井と折原は驚いて互いの顔を見た。

「いや、耳にしてはおらぬが、それは真《まこと》でござろうか？」酒井が訊いた。

「私も人づてなので確認しに来たのです。盗掘が事実として、万が一その下手人が我がアメリカ国民であり、それを奉行所が把握しているという事であれば、由々しき事態だと思いましてね」

市中でそんな噂を耳にしたことはないし、運上所にもまだ情報は寄せられていなかった。もちろん、亀田御役所からもかくなる案件の問い合わせはない。

子供らの噂話ならまだしも、国を代表する人間の言うことである。酒井と折原はすぐさま早馬を打ち、ライスの訪問とその理由を亀田御役所へ報告した。

ライスが引き揚げたあと、勤番帳に目を通しながら御役所からの指示を待っていた折原のもとへ、正午前、アメリカ商人のジェームズが訪ねてきた。

「今朝がた、ライス殿も参られたが」という折原の言葉に、

「実は、領事が今朝がた話したことは、私が直接耳にしたことなので、それをお話ししようかと」

とジェームズが応えた。

折原はすぐに酒井を呼んだ。

ジェームズが言うには、アイヌ人骨の盗掘にはイギリス人が関与しているとのことだった。

「それは確かなことでござろうか。誰が申された？」

「名前は言えませんが、私が懇意にしているイギリス商人から聞いた話ですから間違いないで

しょう」

外国人同士の付き合いにもいろいろあるのだろう、所々言いづらそうにして伏せる部分はあったが、もはやただの噂では済まされなかった。ジェームズとの談話内容を速報するべく、折原本人が亀田まで馬を飛ばしてきたのだった。

「先ほど玄関で応対した者が折原だ。その折原が御役所に着いたのが、そなたらが到る半刻より前のこと。信憑なる噂なれど、肝心の害せられた者からの訴えもなく、ハテどうしたものかと思案していたところに、折原が、こちらへ来る途中それらしき者たちを見たという。で、待っておったら、折原の言うとおり、時宜よくそなたらが参ったということよ」

橋本悌蔵は言い終わったあと、上座の小出に軽く頭を下げた。

「左様なわけじゃ。いつか何者かが訴え出るだろうとは思ったが、もし来なければいかがいたそうと案じたぞ」と、小出は正していた威儀をやや崩した。

玄関口で折原が口にした「やはりそうであったか」という言葉の意味がわかった。そして、イカシバの予想どおり、奉行所はイカシバたちが来ることを知っていた。

イカシバは小出の顔を見る。

小出は〝案じた〟と言ったが、何を心配したのだろうか。訴え出る者がいないのなら放っておけばいいだけのことだ。加害者は外国人で被害者はアイヌである。訴えがなくば放っておくのが、面倒ごとに巻き込まれないための上策である。むしろ訴え出られるほうが厄介で、それをこそ心配していたのではないだろうか。初めから期待の薄かったイカシバは、小出の言葉の隅々に空疎を覚えた。

〈そうだ、オレたちと面談したのも形ばかりのものだ〉

どんな内輪揉めがあるのかは知らないが、外国人が外国人の悪事を内通した。そして自分たち出訴人も現れた。告発した外国人の手前、イカシバら出訴人を面談しておかないと体裁が悪いのだろう。

『和人《シャモ》はアイヌのためには何もしない』

そんなウタリたちの使い古された言葉が頭に浮かんだ時、イカシバは思わず口を開いていた。

「御奉行様、お願いです！　オレの父の骨を取り返してくれ！　このままでは魂がうかばれない、なんとしてもあの世に帰してやらねばならんのです！　だから、諦めろだなんて言わないでくれ！」

平次郎が思わず後ろを振り返る。イタキサン、トリキサンも目を丸くした。

平次郎は青ざめて小出に向き直った。

「はなはだしき無礼、お許しくださりませ。礼儀をわきまえぬ土人でございますれば、ひらにご容赦のほどを」と言いながら額を畳にこすりつけた。

それにならってイタキサンとトリキサンも慌てて頭を下げる。

だが、イカシバは平伏しなかった。両の手はついていたが、目は小出の顔を見つめていた。

「こ、これ、イカシバ、何をしておる」

平次郎は畳にくっつけた頭を脇の下から覗くようにして、イカシバを睨みつけた。

無礼討ちになっても構わないと思ったが、破れかぶれというのではなかった。とにかく骨を取り返す、先祖らの魂をもう一度カムイの世界に送り出す、イカシバにはそのこと以外になかった。そして、それができる可能性を持った者はこの地に一人しかいない。この者をなんとか動かすしかない。そのためにイカシバは直訴をしただけだった。無礼討ちになるかどうかはあとの話だ。先祖の魂が戻ってくるなら命を失っても構わなかった。

「誰が諦めろなどと申した」

小出の口から確かにそう聞こえた。

小出はイカシバを睨んではいたが、怒っているようには見えなかった。

平次郎もイタキサン、トリキサンも小出の言葉を叱責と捉えたのか、ひれ伏したまま動かない。言いたいことを言ったイカシバも、首を差し出すかのように平伏した。ただ、平伏する直前、小出の表情の中に、童《わらわ》がちょっとした悪さを働く前にする笑みのようなものを見たような気がした。

しばらくの間、言葉を発する者はなかった。平次郎には重い沈黙だろう、とイカシバは他人事のように思った。

「ところでそこもとらは、今宵は会所町に宿りはできるのか」

小出がいきなり妙なことを訊いた。

全員が頭を上げ顔を見合わせた。平次郎が恐る恐る視線を左後ろに向け、「どうなのだ?」とイタキサンに訊いた。

イカシバらは亀田村の木賃宿にでも泊まり、翌朝早くオトシベコタンに向けて出立しようと思っていた。特段急な用事はないが、会所町に宿泊となると、これからまたわざわざ箱館市中に戻らなければならなくなる。小出の意図するところがイカシバにはわからなかった。

「急ぎの向きはありませんので、可能かと」

イタキサンはイカシバとトリキサンに目で相槌を送ってから言った。

イタキサンの言葉に軽く頷いた小出は、「橋本、」と言って、橋本悌蔵が控えている側へ顔を向けた。

「されば、まずは運上所とイギリス岡士に、これより小出が参ると早馬を打て」

「これより、でござりまするか?」橋本が確かめるように尋ねた。

「左様。橋本、喜多野、おぬしらも随伴せよ。遅番の桜井《さくらい》にも言っておけ。仕度でき次第出立いたす。折原にはジェームズ方へ参り、内報したそのイギリス商人の名前を聞き出すよう言え。通弁は運上所の立《たて》に申しつけるゆえ、早馬にはその旨申し伝えよ」

橋本にてきぱきと指示を出す小出を、イカシバら四名は、何事が起こったかという顔で見た。その面々に向かって小出は「そこもとらも参るのだぞ」何をボケっとしておる、というような表情で言った。

イカシバはまだ事態を明確に把握できないでいた。小出が言ったことを頭の中で整理すると、橋本や通弁などを伴って小出本人がこれからイギリス領事館に赴き、そしてイカシバら四名も一緒に会所町に戻る、ということらしい。

「御奉行、この者たちを連れて行くということは、まさか、いきなり談判いたされるおつもりですか?」橋本が訊く。

「言うまでもない」

〈談判？　談判してくれるというのか？〉

イカシバが話を呑み込めた時には四人全員が事の次第を理解できたようで、この予想外な成り行きにイタキサン、トリキサンと顔を見合うことしかできなかった。前に一人ぽつんと座っている平次郎は振り向いてイカシバらと話すわけにもいかず、そのおろおろする姿が痛々しかった。

「わしらがイギリス岡士館へ乗り込んでいるあいだ、そこもとらは運上所にて控えておれ。証人が必要な折は喜多野か桜井を呼びに行かせるゆえ」

小出が、統制を失いかけていたイカシバら一座に言った。

「イギリスと事を構えるおつもりですか」橋本が渋い顔で小出に尋ねた。

橋本が小出の指示に重ね重ね疑問を呈するのは当然だ。公儀重役の判断もなしにイギリスを相手にしようというのである。しかもそれが和人のためではなくアイヌのためなのだ。

イカシバは自分で懇願しておきながら、小出の早急な行動が少し心配になった。もしかしたら小出は直情型の人間で、自分はそれに火を点けてしまったのでないか。自分のせいで日本とイギリスが戦争になることはなかろうか。

「事を構えるつもりなど毛頭ない。ただ骨を返還させ、もちろん咎人があればこれを糺し、仕置きするだけである」

「されど、裁断（裁判）の権限は当方にはござりませぬ」橋本が言う。

「されば、岡士により科刑させるのだ。盗骨はまごうかたなき罪咎《ざいきょう》である。法度を奉ずる国であるならば、これを処断せぬ道理があろうか」

小出の表情には微塵の動揺も見られない。

イカシバは小出の本心を図りかねた。外国人が小出の言うことに従うとは思えない。イカシバらの手前、抗議の意思表示を見せたいだけならば、鬼胎《きたい》を抱くことがあまりにも多すぎる。ただ単にことを荒立てたいのでは、とすら思える。

「恐れながら、言上奉りまする。なにぶん、アイヌのことでございまするゆえ、お上に災いなきようお取り計らいくださりたく……」

それまで委縮していた平次郎が俄かに口を開いた。奉行に直接口を利いたということは、平次郎なりに意を決したのだろう。だが、口にした内容は面白くない。アイヌごときのために危ないことをする必要はないと平次郎は言っている。

おそらく、話が予想だにしない方向へ進み始め、平次郎は怯えているのだ。外国人の前で証人にされる可能性もある。このままいけば紛争にも巻き込まれかねない。下手をすれば罰せられる。死罪もありうる。こんなふうに平次郎の考えが落ちていったのなら、奉行に直言した気持ちもわからないではない。

「アイヌだとか和人だとかの問題ではない」小出は不快そうに平次郎を見た。「アイヌだろうが和人だろうが、もちろん異人だろうが、訴えがあればこれを詮議する。逆に誰であろうと罪を犯せば罰する。法度の支配とはそういうものだ。蝦夷地の治安を預かるわしらがこれに遵《したが》わざるして、誰が令を守るというのか」

平次郎は、へへぇと言って、畳に埋まるかのように身をかがめた。

イカシバはキツネにつままれたような思いで小出秀実を見つめた。

イカシバのそんな視線に気づいたのか、小出は、

「案ずるな。困っている者を助けるのが奉行所だ。そなたの父の骨は必ず取り戻してやる」と、イカシバに向いてほほ笑んだ。

冬至間近の陽が落ちて、暮れ六つの鐘が鳴ってからだいぶ経つ。箱館市中の家々に住まう人らはすでに夕餉も済ませ、床に就いている者もいるだろう。寒い冬の夜は布団を被るに越したことはない。

本来ならイカシバも今時分は、家《チセ》の中で火の神《アペフチカムイ》に守られながら夜具にくるまっているはずだった。それが今は国際港湾都市箱館まで来て外国人相手に訴えを起こし、運上所のほの暗い灯火のもとで事が動くのを、まるで暗闇のフクロウ《コタンコロカムイ》のようにじっと待っている。なんでも西洋の定時法というやつなら、まだそんなに夜更けていないらしいのだが。

運上所控所で詰役人から供された干鮭と汁物を口にしながら、イカシバは非日常にいる自分を強く意識した。

イカシバは平次郎ら他の三人に首を巡らせた。平次郎は、とんだことに巻き込まれた、というような顔つきで、うなだれたまま出されたものに口をつけないでいる。イタキサンは年の功だけあって落ち着いているように見える。トリキサンは、幕府の役所で役人に囲まれているため座りが悪そうだ。イカシバは、三人のそんな様子を確認した後、腹を満たそうとさらに干鮭を齧ったが、味は感じなかった。

控所に置かれている西洋式の時計が七つの鐘を優雅に鳴らした。定時法でいう夜の七時ということだ。今、イギリス領事館でも同じ数だけの鐘が鳴り、その定時法という厳密な時間の流れに晒されながら、小出大和守秀実らがイギリス領事ハワード・F・ワイスと談判を続けている。

小出以下、橋本悌蔵、喜多野省吾、御普請役桜井規短郎《さくらいきたろう》、通弁立広作《たてこうさく》らがイギリス領事館に乗り込んでから、かれこれ一刻ほどになる。証人としていつでもイギリス人と相対してやる、と気を張り続けるには長すぎる時間だ。談判が難航していることはイカシバにもわかった。

これまでイカシバは、イギリスがどんな国かまったく知らなかった。なんとなく聞き知っている国といえば、ロシアと清国くらいだった。イギリスはその清国との戦争でこれを打ち負かし、世界中に勢力を伸ばしているという。その侵出を示すかのように、開港と同時に箱館にもやってきて、称名寺に仮領事館を開設した。その後、正規の領事館が箱館の一等地に建てられたが、昨年の元治二年末に火事で焼失し、今はこの運上所から御殿坂（基坂）を上った数町先に仮領事館がある。

緊張感のあるこの長い待ち時間にイカシバは様々に思いを巡らせた。異人に対する怒り、骨が盗まれたことへの不安と悲しみ、そして和人に抱く不信――。それらが土台となり、考えは行ったり来たりした。だが最後は〈異人はなにゆえ骨を盗み取ったのだろう〉という疑問に行きついた。平次郎に助力を頼みに行った時に、平次郎に最初に尋ねられたことである。薬にしたり儀式に使ったりというのはやはり考えにくい。ならばなぜ死者を冒涜するような真似をするのか。彼らの信じる耶蘇教はそれを許しているのか。もしくは、その戒律を破ってまでも人骨を掘り出したい理由があったのか。イカシバがいくら考えてもイギリス人の行為は不可解だった。

外の空気が吸いたくなったイカシバは、厠にたったついでに運上所の門のところまで出てみた。

「御奉行がた、遅いのう」

入り口で番立ちをしている田中という足軽が、イカシバの姿を認めてそう言った。

イカシバは別段返事もせず、ただ夜の空を見上げた。冬の空気は澄んで、星がよく見えた。

「災難じゃったのう」田中はなおも話しかけてきた。「奴らが悪事を働いても、わしらは裁けんからのう、勝手気ままに振る舞いおる。これで打ちのめしてやりたいわ」

田中はそう言いながら六尺棒を振った。

安政の頃に幕府が諸外国と結んだ約定は不平等なものだった。中でも、国内において公儀が外国人を裁くことができないというのは世の反感を買った。だから外国人は全国で遭難した。攘夷を叫ぶ志士たちが外国人を襲った。しかし、そのたびに外国から制裁を受け莫大な賠償金を請求された。

〈そんな彼らから小出は骨を取り返すことができるのだろうか〉

彼ら外国人のことを知れば知るほど、イカシバの希望は霞がかかっていくようだった。

「だがな、うちの御奉行は凄いお方だ。きっと取り返してくれるぞ」

田中は我が身を自慢するかのように言った。

「そうだといいのだがな」

イカシバは言い捨てるようにして、田中の表情を見ないまま控所に戻った。

再び控所の淀んだ空気の中に収まってからややしばらくあって、「お戻りになられたようだ」と、詰所に伝達する田中の声が聞こえた。

イカシバは、証人としての緊張を解きながらも、談判の結果に気を揉んだ。

「お帰り召されませ」という役人の声が聞こえ、数人が門内へ入ってくる音がした。

「随分と待たせたな」

そう言っていきなり控所に現われた小出ら一行に、平次郎は驚いて平伏する。

イカシバは小出の表情に見入った。

小出はその視線に応えるように、「なかなか一筋縄ではいかぬ連中じゃ」と言って腰を下ろした。

小出は疲れているようだった。橋本悌蔵と以下の者らは疲労困憊の趣である。

小出らは柄杓で水を摂ったあと、喜多野と桜井が事件と談判のあらましを話してくれた。

十月十八日、イギリス領事館の館員ヘンリー・トローン、ジョージ・ケミッシュ、ヘンリー・ホワイトリーの三名は、領事館雇い小使、庄太郎《しょうたろう》と長太郎《ちょうたろう》を伴い箱館を出発した。途中、森村で長太郎を待機させ、イギリス人三人と庄太郎が落部村に入ったのは十月二十一日。一団の構成とここまでの行程は、奉行所側の認否確認に応じた領事館側も認めた。だが、落部村には鳥を撃ちに行っただけで、人骨盗掘など預かり知らぬと彼らは主張した。それを自分たちの仕業とするなら、まったくの濡れ衣だと言った。

彼らが口裏を合わせていることは明らかだった。加えて、小出の見る所では、イギリス領事館が主体となってこの盗掘事件に関与し、領事のワイスこそがその黒幕のようだった。

こうなってくると、決着は簡単ではない。相手は治外法権を持つ外国人である。急いては事を仕損じる。このまま談判を続けるには証言者の聞き取りや証拠の捜査などが不十分で、準備不足は否めなかった。ここで押し切ろうとするのは不利だと考えた小出は、正式な裁判開始の約束だけ交わし引き揚げてきたのだった。

小出らが本気で骨を取り返そうとしていることはイカシバにとって嬉しい誤算といえた。しかし、だからといって遺骨がすんなり返ってくるわけではなかった。外国人らは罪状を否認し、しかも国の代表者である人間が事件に加担しているとなると、どう考えても解決は難しかった。

イカシバは落胆した。

「一つ、お伺いしてもよろしいでしょうか」イタキサンが口を開いた。

「なんなりと尋ねるがよい」

「異人らはなにゆえ我らアイヌの骨を盗んだのでしょうか？」

ここまで、骨を取り返すことにのみ慌ただしくしてきたが、事件の肝はそこにある。イカシバだけではなく、今頃コタンの誰もが「なぜ？」と思っているはずだ。

小出が橋本悌蔵の方を見て、橋本はそれに頷き、次のように語った。

航海術と造船技術が急激に発達した西洋では、各国が新たな版図を形成すべく、世界の海に乗り出した。これは、後進国や未開発地を支配することに加え、世界中に人や物を送り出すことにもなった。各界の学者たちも海外へ飛び出し、自国には無い珍しい動物、植物、文物を、広い地域で採集できるようになった。

いわゆる博物学においては、分類の細分化と起源の探求が学問の主眼の一つとなっていった。そんな流れの中で、形質や文化、言語などによって人類の成り立ちを探求する人類学という学問が発生した。

ところで、西洋には古くから、未知の国日本に対するある俗説が存在した。それは「日本の北方に白色人種と同じ系列の民族が住んでいる」というものであった。日本の鎖国が解け、蝦夷地へ出入りできるようになった欧米の人類学者たちは、アイヌ民族を目の当たりにし、〈俗説は間違っていなかった〉と考えた。学者らは俗説を証明するための研究資料としてアイヌ人骨を求め、日本に渡航する者たちにも高値での買い取りを約束したのだった。

学問とは読み書きの類だと思っていたイカシバは、人骨を研究する学問があることに驚いた。先祖からの教えでは、カムイや魂はあらゆるところに存在する。長く使っていた道具にさえも魂は宿る。なかでも骨は魂の依り代として格別な存在だ。人間や動物が死んだ後でも、魂は簡単に骨から離れて行かない。だからあの世とつながる地中に埋めるのである。

魂の残存するその骨を学問や研究の材料にするとは、イカシバにはなんとも理解しがたかった。

「いずれにせよ、正式な裁断（裁判）をイギリス岡士へ申し入れた」小出が、イカシバの落胆を吹き飛ばすかのように言った。「ついては、そこもとらにはこのまま箱館に滞留してもらいたい。次の談判には、中立人および証人として出てもらうゆえ」

平次郎は重苦しい顔になった。

イタキサンは、イカシバとトリキサンに目を遣ったあと、小出に応えた。

「御奉行さま、証人のお役目はわたしとトリキサンのみでよろしいでしょうか。村の者らも心配しておりますれば、若いイカシバを使いに走らせまして、村長《むらおさ》などにも報告したく思います」

「さもありなん。構わんぞ」

イカシバは、事の成り行きをこの目で確かめたいとも思ったが、イタキサンの言うように、ここにいる三名が長くコタンを留守にするのも心配だった。村のウタリたちは、奉行所に請け合ってもらえたことすら知らないのだから、事がどのように進んでいるのか知らせてやらねばならない。それに、イタキサンは外国人を相手に証言台に立つという気の張る役を、村長《コタンコロクル》の補佐役として買って出たのだ。

イカシバはイタキサンの言葉に則り、朝が来るのを待って六ヶ場所宿を発ち、先にコタンへ帰ることにした。

明日にでも裁判を開始するために運上所の書院ですぐさま正式な申入書をしたためるということで、小出が控所を後にしようとしたとき、イカシバに顔を向けた。

「帰ったら里の者に伝えるがよい。この小出が必ず取り返すとな」

先ほど小出らが特段の成果もなくイギリス領事館から帰ってきた際、イカシバは、外国を相手にすることの難しさを実感した。しかも相手は、アヘンを密売しておきながら言いがかりで戦を仕掛け、武力で清国を黙らせた強大な軍事国家だ。そんな国を向こうに回してアイヌを助ける道理はない。最後は話し合いにより何らかの妥協的解決を強いられるだろう——イカシバはそんなふうに考えていた。しかし、それが独りよがりな考えだったと、今は何となく思う。

〈もしかしたら、この和人《シサム》はやってくれるのではないか？〉

今まで一度も考えたことのない思いが頭に浮かんだ。

橋本悌蔵

―慶応元（一八六五）年十月二十八日―

臥牛山を直登するかのように伸びる基坂《もとい》通りは、橋本悌蔵も通いなれた道だ。その先にはかつて旧箱館奉行所だった松前藩箱館屋敷があったことから、この通りは〝御殿坂〟とも呼ばれている。類焼で焼失したのを受けてイギリスが新たに仮施設として建てた領事館は、その御殿坂のちょうど中腹あたりにあった。

小出大和守が、橋本以下、調役小柴喜佐衛門《こしばきざえもん》および酒井弥次右衛門《さかいやじえもん》、定役出役古谷簡一《ふるやかんいち》、御勘定河田勇四郎《かわたゆうしろう》、徒目付折原林之丞《おりはらりんのじょう》、通弁堀達之助《ほりたつのすけ》および海老原錥四郎《えびはらいくしろう》、そして、落部村の平次郎、イタキサン、トリキサンを率いてイギリス領事館の門扉をくぐったのが、十月二十八日の未の刻ほど。もうかれこれ一刻近く、このイギリス領事館本館に併設されている諸用取扱所で談判が続いている。

イギリス人は建築にはかなりの拘りがあるらしく、仮の領事館といえども相応の意匠がある。

階段の手摺や天井、窓枠など、日本とはまた違った装飾が施されている。廊下や部屋などは公儀の建物に比べ狭いような気もするが、極めて機能的にできている。そんな中でも橋本らが今いる取扱所は広めに造作されており、奉行所の者九名のほかに、イギリス領事ハワード・F・ワイスが揃えた立会人、ポルトガル領事アルフレッド・ハウル、フランス代弁領事H・H・ヴーヴ、アメリカ領事兼貿易事務管ライスおよび息子のジョージ・エドウィン・ライス、イギリス書記官J・J・エンスリー、イギリス商人ヒウキ・G・トムソンおよびジャス・マル、フランス領事付きイギリス商人テュース・J・ホールトらが一堂に会しても狭くはなかった。

これまでも小さな揉め事を解決するために各国の領事と話し合いを持つことはあったが、正式な形での裁判というのは初めてだった。それはそうだろう。そもそも日本の側には裁判権がないのだから。

とにかく、裁判ができるのであれば争えるということであるから一種の戦いなわけだ。そして戦《いくさ》ということならば、勢いをつけて押し切りたい。そのため奉行所側は大人数を揃えた。

そういう意味では、領事館員に限りがあるイギリスよりも自分たちのほうが有利だろう、と橋本は考えていた。ところがいざ乗り込んでみると、イギリス側は他国領事やその館員、商人までも立ち会わせている。その意図は数の有利を頼む奉行所とは明らかに違った。いわく連合国は揃って領事裁判権を持っており、日本側に裁かれる何ものもない、というのを誇示するためであろう。加えて、微妙な力関係でひび割れの危険性を孕んでいる連合国の結束を、この日本においては維持していこうという腹も透けて見えた。

諸外国が一枚岩でないことは橋本梯蔵も知っている。ロシアを含めた欧州各国が戦争や紛争を繰り返してきたことは外国方より教示されている。一国でも手に余す連中だが、反間してくれれば多少なりとも御しやすくなるはずだ。しかしながら、対日本となると彼らはなかなか綻びを見せない。実際、近年頻発する尊王攘夷派浪士による外国人殺傷事件や、三年前に起こった生麦事件などでは、被害者の当事国だけでなく外国人居留民がこぞって抗議したり、武力行使に及んだりしている。特に、長州が馬関海峡で外国船を打ち払った折には、イギリスを中心にした四ヵ国の連合艦隊が押し寄せ、長州は完膚なきまでに叩きのめされた。生麦事件やそれに続く薩英戦争、そして長州と諸外国との紛争にしても、公儀はそれらの事後処理や尻ぬぐいで手痛い目に遭っていた。これから本格的に始まる裁判とて、こちらに正義があったとしても、筋の運び方を少し間違えただけでどんな言いがかりをつけられるかわかったものではない。

さて裁判は、平次郎、イタキサン、トリキサンの三人の証言から始まった。昨日亀田の役所で橋本らが聞き取ったこと以外、彼らの証言には特段新しいものはなかった。しかし、彼ら、特にイタキサンとトリキサンの口から直に出た「骨を返して欲しい」という言葉は、被疑者らに直接向けられただけあって、重い響きを持っていた。

落部村三人への証人尋問が終わったのち、小出は、トローンらに馬を貸した成願寺前馬宿の友蔵を出廷させた。

「馬を貸し出した日のことを有り体に申せ」

「へえ、十八日の朝に、岡士館の小使いの庄太郎さんが、馬を二頭貸してほしいと言ってきたもんですから、脚のいいのを二頭、岡士館に届けました」

「そのとき、岡士館で庄太郎らは何をしておった」

「ちょうど出かける準備をしておりました」

「どのような準備だ？　見たままを申せ」

腕っぷしの強そうな体つきとは不釣り合いに背筋を丸めていた友蔵は、チラッと外国人たちに目を遣った後、小出の質問に答えた。

「馬と荷車が引き出されており、その近くに鉄砲二挺、行李三つ、それと薦巻きになった四尺ほどの何かが置かれておりました」

「なるほど」

小出は、さらに二、三の質問をしたのち、友蔵に署名させ退室させた。

裁判までの準備期間が短かったこともあり、奉行所側が今回用意できた証言者は落部村の三名とこの友蔵のみだった。

「そちらの証人はこれで終わりですかな?」

イギリス領事のワイスが紳士然として小出に訊いた。

「本日のところは。されば早速、落部村へ出向いた三名のイギリス人を糺《ただ》したい」

小出は間髪を入れず実行犯被疑者らの出廷を要求した。

領事ワイスはこれに応じ、書記官がトローン、ケミッシュ、ホワイトリーの三人を呼びに行った。

居並ぶ外国人たちは声を落とし何やら話していたが、それが声高に聞こえるくらいに取扱所の空気は張りつめていた。橋本ら幕臣も座り慣れない椅子に腰かけ、動くと軋《きし》んだりガタついたりする床板との接地に気を配っていたため、身じろぎできずにいた。

やがて廊下を歩く複数の音が聞こえ、取扱所の扉が開き、昨日橋本悌蔵らが乗り込んだ時に接見したトローン、ケミッシュ、ホワイトリーが一緒に入ってきた。三人は踵《かかと》のある靴で床板を鳴らしながら、幕府側と領事側の間にある証言者席まで歩き、いったん腰を下ろした。

イギリス領事ワイスが目配せすると、トローンが立ち上がって何やら口上書きのようなものを読み始めた。

その様子を見た小出は、通弁の堀に「なんと申しておる?」と訊いた。

堀が耳打ちで返答すると、小出は「待たれよ」とトローンとワイスに睨みを利かせた。

「どうしました?」

ワイスがその青みがかった瞳で、深い眼窩から覗くように小出を見た。

「今そこなトローンが、証言すると称し文書を読みだしたが、トローンが審問に応ずるのであれば他の二人は退室願おう。一人一人の証言が一致するか否かを糺すことができなくなる」

この小出の発言に、トローンは誰もが聞こえるくらいの音を鳴らして舌打ちし、持っていた紙を椅子の上へ叩きつけるように放った。

小出は表情一つ変えずワイスの返答を待っていたが、橋本ら下役はトローンの態度に憮然とした。

箱館奉行所が再置された嘉永七(一八五四)年六月、多くの幕府役人が蝦夷地へ転任することになり、橋本悌蔵もその一人だった。橋本は箱館奉行所支配に転属する以前、中山道道中奉行支配論所地改出役を務め、助郷における係争などを取り扱っていた。上州路や甲州路あたりの非合法な無宿者人足を相手にすることもたびたびだったので、ならず者の顔は見慣れていた。和人であろうと異人であろうと、ならず者の顔には同じ陰がある。仮に痣が無くともトローンの顔にはならず者の烙印が押されていた。

「我が大英帝国の法律では、確かに証人は一人ひとり出廷し審問に応じるが、訴えられている側が複数人の場合は同席にてもかまわないことになっている」

大人が子供に言って訊かせるような口ぶりでワイスが言う。

「いや、さようなことはあるまい。訴えられた者が複数人でも、証言者として証言席に立つのは一人のはず。そうでなければ、口裏を合わせるのは容易いことゆえ、訴えられている一団の一人のみおれば他の者は必要ないということになろう。加えて、訴えた側が一人での証言を望んでいるのだ。法治国家たる、かの大英帝国の法律にさような遺漏があるわけはない。岡士殿、いい加減なことを言ってもらっては困る。これでは、岡士殿も盗骨団の一味にてその罪を隠蔽していると言われてもいたしかたないぞ。それはひとえに大英帝国の汚名とならん」

小出は凄みを利かせるでもなく淡々とそう言った。

ワイスの顔色は見る間に変わった。

痛いところを突かれたのだろう。小出奉行を侮っていたに違いない。

小出とワイスはかつて面識がある。薩摩の国父、島津久光の行列をイギリス人が犯し殺傷された生麦事件の際、ワイスは横浜のイギリス公使館で領事武官を務めていた。薩摩藩行列への報復を意図したワイスは、イギリス代理公使ニールに無断で兵を集め、街道を行軍するなどの強硬手段に出たが、このときはイギリス兵対薩摩兵の戦闘という大事には至らなかった。

この生麦事件はもともと薩摩が起こしたものだったが、イギリス側との折衝において薩摩は幕府の召喚に応じず、矢面に立たされた幕閣はニールやワイスに難題を押し付けられ苦しんだ。当時、目付だった小出もこの折衝に何度か携わり、外国奉行や老中などの閣老たちがやり込められるのを目の当たりにした。

小出は事件の一ヶ月ほど後に箱館奉行を拝命し、以降、この生麦事件にはかかわらなかったが、小出の箱館着任後、橋本悌蔵は小出から事件の詳細や体験談を聞かされた。小出が言うには、薩摩の無責任な振る舞いやイギリス側の傲慢な態度もさることながら、公儀が終始その場しのぎの曖昧な応対しかしなかったことで問題が肥大し、自らの首を絞める結果になった、とのことだった。

そんな経験則が、このアイヌ人骨盗掘事件における談判での小出の発言を律していくのかもしれなかった。

逆にワイスは、生麦事件での弱腰の幕府役人の中に小出がいたのを知っていて、いきなりなめてかかったのだろう。

互いに書記を伴って臨んだ正式な裁判の場であるだけに、声を荒げて無理を押し通すわけにもいかず、また、余計なことを言って足を掬われるわけにもいかず、ワイスのイライラが手に取るように伝わってきた。

ワイスは「ちょっと待ってくれ」と言って、ポルトガル領事ハウル、英国商人マルらと打ち合わせを始めた。

小出が通弁の掘に「何を話しておる」と訊く。

「一人一人の証言に応じるかどうか話しているようです」堀が小声で口早に言った。

切れ目の分からない言葉での外国人たちの会話がしばらく取扱所に木霊していたが、やがてポルトガル領事のハウルが口を開いた。

「奉行は先ほど、ワイス領事も盗骨に加担し不正を隠していると言われたが、はなはだ侮辱的な物言いではないですかね。そんなことは毛頭あり得ないことですから」

橋本は昔の役職上の経験から、観相が得手だった。また、子供の頃には私塾の先生に「人は見かけによらないという諺が残っているということは、大方が、人は見かけによるということだ」と教え諭され、自分のお役目を務めるにあたり常にそれを心がけていた。

その橋本から見たハウルはなかなか目端の利きそうな男で、四十代とおぼしきワイスよりもだいぶ若く、その若さがさらに鋭利な印象を与えた。ポルトガル領事を拝命してはいるが、もともとはイギリス商人であり、箱館まで人員を配置できないポルトガルの委託を受けていた。ワイスの顔色を見れば、依然不愉快を払拭できないでいるらしいから、商人としての賢しい対応を期待されてハウルが小出との論戦に参加してきたのだろう。

「侮辱したつもりはない。ただ、道理を曲げられればこちらも疑念が生じるため、その場しのぎの言い逃れはなされぬほうがよい、と申したまで。されば、不正を隠していないということなれば、当方の望むとおり一人一人の尋問を許すということでよろしいか」

小出は欧米列強をまとめて相手にするつもりなのか、答弁者がワイスからハウルに交代してもそれをまるで頓着しないかのように、声の調子を変えなかった。

ハウルが確認するようにワイスの顔を見る。

ハウルの視線を受けたワイスは一つ息を吐いて「別に構わん。ただ、質問内容はあとで書面で通知願おう」と、小出の方を見ずに言った。

「無論」

ワイスがトローンらに何やら話すと、トローンは鼻で笑った。

ケミッシュは奉行所側をひと睨みし、「Let's get out（行こうぜ）」と言ってホワイトリーの肩のあたりを手の甲で軽く叩き、連れ立って退室していった。

証言席にはトローン一人が残った。トローンは突き出た腹を左手で支えるようにしながら、先ほど放《ほう》った紙を右手で拾った。何枚あるのかわからないが、目を通すわけでもなくただぺらぺらとめくった。なんらかの想定問答が書かれているのだろうか。どこからでもこい、というふてぶてしさを橋本は感じた。

小出によるトローンへの尋問は、まず彼らの箱館出立日の行動履歴から始まった。

領事館には馬が一頭しかいなかったので友蔵のところで馬を二頭借り出し落部村方面へ向かったが、それはあくまでも鳥撃ちのためであって、断じて盗掘目的などではなく、当然鉄砲を携帯して往来を行くのだから、運上所の通弁、稲本小四郎にはその旨を届け出た、などのことをトローンは述べた。

「稲本よりおぬしらが鉄砲を所持して箱館市外へ出たという報告は受けているが、ならば、稲本に他の荷も確認させたのだな？」

「もちろんだ」トローンは相変わらず小馬鹿にしたような薄ら笑みを浮かべていた。

「もう一度尋ねるが、運びだした荷物はなんだったのだ?」

「何度聞けば気が済むんだ。鉄砲二挺と入れ物が三つだ」

「三人で鉄砲二挺というのは不都合がなかったのか?」

「二挺を代わる代わるに使ったんだ」

トローンは薄ら笑みを消し、苛立たしさを露わにした。

「承知した。なれば、そこもとにはいったん席を外してもらおう」

小出はそう言ってから、「稲本をこれへ」と折原に指示した。「稲本の証言後は再び友蔵にも尋ねることがある。しばらくそのまま控えおるように言っておけ」

小出の言葉を聞いたワイスが何に気付いたのか「ちょっと待ってくれ」と慌てたように言った。「本格的な審議に入る前に、運上所に噂を確かめに行った外国人の名を知りたい。これが公明正大な審議というならば、隠し事なく全てを明らかにすべきだ」

昨日イギリス領事館に乗り込んだ時にも、ワイスに同じことを訊かれたが、小出は情報の出元を明言しなかった。

小出は少し間を置いてから、ワイスの言葉に応じた。

「アメリカ岡士ライス殿とアメリカ商人のジェームズ君だ。ライス殿は米国人が罪を犯したのではないかと案じて運上所に確認に来られた。ジェームズ君は米国人が無実であることを証明するために参った。ジェームズ君曰く、イギリス人が手を下したというのは、そこなテュース・ホールトより聞いたとのことだ」

ワイスは居並ぶ身内に首を振り、ホールトを見つけて鋭い眼光を放った。

ホールトは目線を落とす。

「ということはだ、」ワイスは鋭い眼差しのまま小出に向き直った。「アメリカ人がもたらした噂話と又聞きの話によって、いま我々イギリス人が嫌疑を掛けられ、裁判を行おうということではないですかな。そんな飛語まがいの噂話で審議も何もあったものじゃない。これ以上の裁判続行は現時点では無理だ。どうだろう、ひとまずここで結審ということにしようではないか。書面にサインを頂けないか」

「裁断ができないとは、これいかに。アイヌらの骨が何者かによって盗まれたのは事実である。さような折、いま被疑者として氏名が挙がっているのはイギリス人の三名だけだ。それを調べずして誰を調べるというのか。まして、盗まれた骨はいまだ戻らず。このまま裁断を打ち切るなどあり得べくもなし。署名などもっての外」

小出の言葉はまるで槍衾《やりぶすま》のように隙がなかったが、その眼差しはややもすれば清《すが》しく、ワイスの鋭い視線を受け流すかのようであった。

ワイスは何か言い返そうとして開きかけた口を、そのまま引き結んだ。顔は青みを帯びるほどに色を変えた。橋本には心なしかワイスの口元が震えているように見えた。

ワイスは上着の胸襟のあたりをいきなり両手で弾《はじ》くように引っ張ったかと思うと、荒い鼻息だけを残して入り口に向かい歩き出した。そして無言のまま、扉に八つ当たりするかのように乱暴な物腰で取扱所を出て行った。

何事が起ったかと橋本はしばし呆然とし、同僚らを見渡すと、皆が同じような表情をしていた。

ワイスのこの行動には領事官側の人間もあっけにとられたようで、ワイスが退室した後、領事館書記官のエンスリーが慌ててそのあとを追った。

残された外国人らは各々が手前勝手に話し始め、場がざわついた。

奉行所側の者らは私語こそなかったが、顔を見合わせたり小出に視線を送ったりした。小出だけが顔も視線も動かすことなく、ワイスがもと居た席を半眼のようにして見つめたままだった。

しばらくして戻ってきたエンスリーが、ホールトを連れ再び退室した。すると、取扱所の勝手の方から激しく罵《ののし》るワイスの声が聞こえてきた。その罵声が止んだ後、エンスリーと、ふてくされたような表情のホールトの二人だけが戻ってきて、なんの動きもないまま沈黙が続いた。

「さて、談判を続けよう。折原、稲本を呼んでまいれ」

小出は何事もなかったかのように言った。

「ちょ、ちょっと待ってください。ワイス領事がいないので」ハウルが慌てて言った。

「当方としては岡士殿がいなくとも、貴殿らが証人としているのだから一向に差し支えない」

〈異国人の裁断権限を逆手に取るとは〉

橋本は小出の利発さに改めて舌を巻く。

折原が稲本を呼びに行っている間に、領事側も、ハウルがイギリス商人マルに指示してワイスを呼びにやった。

ワイスは勝手所で駄々をこねているのか、戻ってこなかった。

その間に稲本が証言し、続いて友蔵が証言席に着く段になって、ワイスは戻ってきた。

小出の審問に対し稲本と友蔵は揃って、トローンら三人の荷物の中に鉄砲二挺と柳行李のほかに莚巻きになった長物があったと証言した。

稲本と友蔵が証言していたこの間、イギリス商人のトムソンとマルが取扱所を出たり入ったりし、トローン、ケミッシュ、ホワイトリーの被疑者三人に尋問の様子や内容を伝えに行っているようだった。

さすがの橋本も彼らの無法極まる行為に腹が立った。審議の妨げになるようなこの行動には、小出も不服を申し立てるのではないか、と橋本は思った。だが小出は、中断することなく審問を進めた。

友蔵が退室した後、小出はトローンの再出廷を要求した。

ほどなくして取扱所に現れたトローンに、小出が言った。

「先ほどおぬしは、落部まで運んだ荷物は鉄砲二挺と行李三つのみと言った。さりながら、稲本も友蔵も、ほかに薦包みの長物を見たと言っている。さきのおぬしの証言は偽りではないのか。その薦包みの中にこそ、墓を暴くための鋤や鍬のようなものが入っていたのではないのか」

トローンは酒を飲んでいるのか、赤くなった鼻のあたりをひくつかせながら、ただ小出を睨むばかりだった。

答えに窮すトローンを尻目に、小出は目線をワイスへと移し替えた。

「はたして、処断できる立場の岡士殿が、かような疑わしき証言を追求せざるは奇異なことである」

小出は、ワイスが盗みの片棒を担いでいることを確信している。トローンの証言を餌にして、小出はワイスを追い詰めているのだ。橋本は、再びワイスが怒りをあらわにして取扱所を飛び出していくのでないかと思った。

「初回ですからな。まずは口述調書を作成してからの話になる」

何か心を落ち着かせる術《すべ》を得たのか、ワイスは意外にも冷静だった。

続いて小出はケミッシュを出廷させた。

「鉄砲二挺のほかに持って行ったという蓆《むしろ》巻きの物はなんだったのだ」

「そんなものは知らん」

「土を掘る道具を巻いていたはずだ。それを使ってアイヌらの骨を盗んだのであろう」

「そんなことをした覚えはない」

トローンの時とは違って、小出はいきなり核心を突くような質問を投げた。

橋本の見たところ、このケミッシュという奴も、大概ならず者の部類に入るが、トローンほど肝の座ったやつではない。おそらく似たような年齢なのだろうが、上下関係ができている。小出はこの男からは特に何も出ないと踏んで、ひとまず見せ太刀を入れた、というところなのだろう。

　早々にケミッシュを退出させた小出は、間を置かずホワイトリーを召喚した。

「さて、おぬしたちは鉄砲を持ち出したわけだが、その鉄砲で何をしたのだ」

　トローンともケミッシュとも違う切り口で小出の尋問が始まった。

「だから、鳥撃ちに行ったと言ってるじゃないですか」

　若いホワイトリーは落ち着かない様子で応えた。

　橋本はわかっていた。小出はこの気の弱そうなホワイトリーに狙いを定め、領事館側の知らぬ存ぜぬの牙城を崩そうとしている。町方掛《まちかたがかり》に急いで集めさせた情報の中に、ホワイトリーに関する有用なものがあったのだ。

「そもそも鳥撃ちは遊びに興じてのことか、それとも、いずれかの目当てあってのことか」

「遊びではありません。私の仕事なんです」

「仕事？　鳥を撃つことだけが仕事となるのか？」

「いえ、鳥や昆虫や、その他珍しい生き物を集めているんです」

「集めてどうするのだ」

「本国に送って売ります」

「さては、」小出は目つきを鋭くし、「アイヌの骨もイギリスで売るつもりなのだな。ゆえに骨を盗んだのであろう!」と、帯から抜いた扇子でホワイトリーを差し、初めて凄みを利かせた。

「そ、そんなことはしません。私は鳥や昆虫を集めているだけです」

ホワイトリーは大げさな身振り手振りで同じ言葉を繰り返した。

橋本はワイスを見た。明らかに動揺の色が浮かんでいる。さしずめ、城の弱点を突かれた城主のような気分だろう。

「ときに、おぬしは岡士館に属しておらぬと聞くが、今はどこに起居しておる」

話題が変わってホワイトリーは難を逃れたと思ったのか、少し表情を緩め、「ロシア病院です」と言った。

「だがつい先日まではこのイギリス岡士館にも止宿しておったな」

ホワイトリーは無言で頷いた。

「当方の調べたところでは、おぬしはもとはブラキストンのところにいたはずだ。そこから岡士館へ移ってきたのも最近のこと。ということは、岡士館におったのはごくわずかの間ということになる。しかもロシア病院に移ったのはアイヌらの骨が盗まれたすぐ後のことだ。ロシア病院がこの地のすべての異国人の病を看ているのはこちらも承知ゆえ、おぬしがロシア病院に止宿しようが、病院で働こうが、それ自体はおかしなことではない。しかし、岡士館に身を置いた期間があまりにも短かく、さらには骨が盗まれた時期とおぬしが居所を変えた頃合いが一致する。おぬしは、計画的に編まれた盗骨遂行のため岡士館に身を寄せ、その後、その骨を調べる目的でロシア病院に持ち込んだのではあるまいか」

小出はホワイトリーに目を据えたまま長い所見を述べた。そして最後に再び扇子でホワイトリーを差した。

「おぬしの行動は実に疑わしい」

ホワイトリーは、口を開けたまま言葉を発するでもなく、わなわなと唇を動かすだけだった。ホワイトリーの額に汗が滲むのを見ながら橋本は、蛇に睨まれた蛙とはこういうことをいうのか、と思った。

緊張に満ちた取扱所の空気の中で、突然、鐘が鳴った。部屋の隅に置いてある西洋時計が時を告げていた。五回鳴ったということは、定時法で言うところの五時なのだろう。

「小出奉行、」ワイスが口を開いた。「五時になった。日も暮れたことだし、続きは明日以降にしてはどうか」

小出は少し考えてから「承知した」と応じた。

ワイスは表情を緩め大きく息を吐き、ホワイトリーは崩れるように腰を椅子に落とした。

そんな領事館側の安堵の色に水を差すように小出が言った。

「明日以降も厳しく詮議するゆえ、さよう心得られよ」

小出とワイスは、次回の裁判を、西洋で言うところの翌週の月曜日、十一月一日と取り決めた。

「最後に、小使いの庄太郎だけ糺しておきたい」

小出のこの申し出にワイスとハウルは露骨に難色を示した。しかし、日本人が日本人を糺すのになんの問題があろうか、という小出の論法に押し切られた。

引き出された庄太郎に対し、小出は事件発生前後の行動履歴を糺したが、その内容はトローンらが主張するものと変わらなかった。

小出から質問を受けている間、庄太郎は胴体に丸いものをちょこんと据えたかのように首をすくめたままだった。

「そのほうを問い糺したところで、トローンらと口裏を合わせているのだろうから、こちらが納得いく言は得られぬのだろうな」小出はやや力が抜けたようにそう言ったが、次の瞬間、目を座らせた。「しかしながら、悪事の片棒を担ぐ者、下手人を匿う者は、奉行として許すまじ。それだけは覚えておけ」

庄太郎は色を失った。橋本が中山道道中奉行支配の頃にもよく見た、犯罪者が断罪された時の恐怖と絶望に満ちた顔がそこにあった。

「ささ、小出奉行、今日はこの辺で」

ワイスが慌てて奉行側の退室を促した。

この度この取扱所で行われたすべての証言に異議なし、というエンスリーら証人の宣誓が行われたのち、奉行所側が退室する間際、小出が言った。

「岡士殿、先ほど貴殿は裁断の終結の署名を求めたが、トローンらの罪を認め、アイヌらの骨の返還が明記されれば、拙者はいつでも署名いたすが、いかがかな?」

「まぁ、十一月一日にお待ちしている」

ワイスは汚物でも見るように顔を歪めた。

イカシバ　3

―慶応元（一八六五）年十一月一日―

昨日朝から降り始めた雪はその日の夕方には止み、夜には、引き絞った弓のような形をした生まれたばかりの月と、きらびやかな星々をちりばめた空が広がった。地上の熱はそんな星の彼方へと吸い込まれていき、大地は冷え切った。

氷輪《ひょうりん》の夜が明けた十一月一日の朝。昨日降り積もった雪はきっとこのまま根雪になるだろう。生あるものを凍えさせる大気に満ちた朝の空は深く青く、雪化粧を施した蝦夷駒ケ岳《カヤベヌプリ》や羊蹄山《マッカリヌプリ》が綺麗だった。

「シラルケマのところで干鮑をもらってくるわね」

丈のある鮭皮の靴《チェプケリ》を履き、民族服《アットゥシ》の上に和製の袷を羽織ったチハは、そう言って戸を開けた。

白雪に反射する朝陽がイカシバの目を射て、チハが一瞬影絵のようになった。

シラルケマはチハの幼馴染で、疱瘡の免疫を持っていた。チハは昨日、久しぶりに会ったこの友人と料理や裁縫の話をしていた。そういえば、何やら食べ物を交換しに行くと言っていたような気がする。友人と楽しそうに話すチハを眺めていたら、なにげない日常の風景につい心を奪われて、話の内容にまで気が回らなかった。

「ああ、気を付けてな」

普段ならこんな言葉は口にしない。イカシバの住居からコタンまでは五、六町しか離れていない。特段気をつける必要のない距離だ。だが、何の前触れもなくやってきて骨を盗んでいった外国人たちの姿が、どうしても頭をよぎる。それに、終息に向かっているとはいえ疱瘡も気がかりだった。

十月二十八日に箱館から一人帰ったイカシバは、箱館奉行がイギリス相手に談判を始めてくれたことを報告するため、山中にあるイナワニのもとを訪れた。報告後はコタンへ戻る前にチハのところに寄った。このときリキノが「バコロカムイもほぼ去りつつある。妻なのだから、疲れたイカシバの面倒を見てやれ」とチハに言った。イカシバは「それには及ばない」と断ったが、チハは「あら、私がいないほうがいいの？」といたずらっぽく言って、苦笑いするイカシバとともに山を下りた。疱瘡の下火傾向と併せてこの盗掘事件をきっかけに、少しずつ同胞《ウタリ》たちは山を下り始めていた。

チハが聖なる山を下りることにまだなんとなく不安もあったので、一人でも大丈夫だと強がってはみたが、本当のところ、チハが来てくれて助かった。十月二十二日に箱館へ向け出発してから歩きどおしだった。六日間で二往復以上しているのだ。さすがのイカシバも疲れていた。チハが家事をしてくれるのでイカシバは体を休ませることができた。そして何よりも、チハが側にいてくれるだけで気持ちが安らいだ。盗掘事件で殺伐となっていたイカシバの心を、チハの存在が癒してくれた。

〈今日が三回目の談判《チャランケ》か〉

昨日の十月三十日、雪の中をイタキサンとトリキサンが平次郎とともに帰着した。二十八日に行われた第二回目の談判の様子をイナワニに報告するというので、イカシバも同席させてもらった。このときイタキサンから、小出奉行がイギリス側に対して十一月一日にも談判を開くよう要求したと聞いた。イカシバは小出の胆力に驚いた。コタンでは地力に勝るトリキサンですら、たくさんの外国人を前にして気後れしたことを素直に語った。しかし小出は、何ら臆することなく彼らを糾弾し続けたという。イタキサンもトリキサンも自分たちの出番以外は控所におり、談判の内容も判然とはしなかったが、小出の淀みのない声は耳に届いていたらしい。

〈今日で決着がつくのだろうか〉

正直初めは期待も薄かったが、こうなってくると、父のものも含め先祖の遺骨が帰ってくるのではないか、という希望も生まれる。

蝦夷地において最も権力のある者が正当に力を行使している。現状では最上の策が取られているのだから、これがダメならあとは絶望しかない。実際に談判を経験したイタキサンとトリキサンの話を聞く限り、外国人の扱いはやはり一筋縄ではいかないようだが、それでも、数日前よりははるかに展望は明るい。それはひとえに、小出大和守秀実という和人の存在のためだった。

「あなた、ちょっと、」

出て行ったはずのチハが、先ほどと同じく影絵のようになって扉のところに立っていた。

「どうしたのだ?」

忘れ物をしたには、家の中に入ってこようとはしないし、そもそも干鮑をもらいに行くだけだから、忘れ物も何もないはずだ。

「和人《シサム》のお侍がコタンに来たみたいなの」

「シサムの侍?」

チハがわざわざ戻ってきてイカシバに告げるということは、蝦夷地巡回の見慣れた下級役人などではない。それなりの身分の者が来ているのだろう。

イカシバが戸外へ出てコタンのほうに目をやると、騎乗の侍が三人、白銀に覆われた街道を下《くだ》り、和人集落へ向かっているようだった。三人ともに見覚えがあった。

〈小出奉行?〉

縦列の真ん中を行く馬上の人は、背格好から察するにおそらく小出大和守である。先を行くのは橋本悌蔵、後は折原林之丞のように見える。

〈なぜ小出奉行がここにいる? 今日は三回目の談判の日じゃないのか?〉

イタキサンらが聞き違えたのだろうか。それとも予定が変更になったのか。いずれにせよ、奉行自らこの鄙びた村落に足を運ぶというのは不自然だ。

〈まさか……〉

談判に何か不都合があったのではないか? イギリスが手をまわし、公儀重役から圧力がかかって沙汰止みになったのか? 律儀な小出はその敗訴を伝えるため、わざわざオトシベまで来たのかもしれない——心の片隅に灯っていたわずかな希望を不安が覆った。

イカシバは室内に戻って厚手のアットゥシを一枚羽織り、手甲《テクンペ》を嵌《は》めた。

「オレも行く」

足元のおぼつかない新雪の上を、チハを庇うようにしてイカシバは集落へと向かった。

和人集落の中には、六ヶ場所内各村落に設置された場所会所がある。お役所の出先としての機能を兼務しているので、村役人や村年寄が管理運営しているが、常時人がいるというわけではない。イカシバは目星をつけてこの会所に向かった。シラルケマの家《チセ》まではどうせ通り道だから、とチハも付いてきた。

イカシバが街道に出ると、会所の手前の馬繋ぎに、はたして三頭の馬がいた。建物の表側に人影は無く、裏側から人の声が聞こえる。

声の主が見えるところまで移動すると、村役人らが慌てふためいたようすで会所を開け、囲炉裏に火を入れているようだった。

村年寄平次郎が泣きそうな顔で、「すぐに火を起こさせますので」と頭を下げている。

「気を遣うな。前触れもなくやってきたわしらが悪いのだ。それにこうして陽にあたっているほうが暖かい」

そう言いながら、小出は晴天に張り付いた太陽を仰ぎ見ている。袴を達付《たっつ》けにし、綿入れを施したような厚手の羽織を纏い、縁に腰かけていた。

そんな小出の姿をイカシバは遠巻きに伺っていた。朝方にこの落部村に入ったということは、森村あたりで一泊してきたのだろうか、表情に疲れたようすは見られない。イギリス人と談判に及んだときのような険しさもなく、冬の澄んだ空気の中に降り注ぐ太陽の光を純粋に楽しんでいるようだった。

小春を思わせる太陽としばらくのあいだ戯れた小出が、視線を地上へ戻すとき、イカシバと目が合った。

「おお、おぬし、確か、イカシバと申したか」小出が声をかけた。

イカシバが頭を下げてそこに立ち尽くしていると、

「どうした、こちらへ来ればよいではないか」

イカシバはチハをそこに残して敷地へ入り、再び挨拶する。

その様子を心配そうに見ていたチハに気づいた小出が「あれなる娘は？」とイカシバに訊いた。

「オレの妻です」

「そうか、おぬしの妻女か。妻女もこちらへ来るがよい」

小出はいたって気分がよさそうだった。談判が失敗に終わったことを告げに来たのかもしれないが、謝罪するつもりはないのか、悲壮感は見られない。〈やっと肩の荷が下りた〉くらいに思っているのかもしれない。

「お初にお目にかかります。チハと申します」

チハは、小出の近くに寄ってなんとなくその人柄がわかったのか、過度に畏れ敬うでもなく柔らかい表情で挨拶した。

「奉行の小出だ。そなたの夫はなかなかに良い男だな」

小出は愉快そうに言った。

イカシバには〝良い男〟の意味がわからなかった。お前はものわかりの良い男だ、だから、これから告げる談判の中止も、骨が戻っては来ないことも理解してほしい、とそんなことを暗に匂わせ、機嫌を取っているのだろうか。現に、今日談判を行うはずの小出がこんなところまで足を運んでいる。どんなに急いでも談判を開始できる時刻までには箱館には戻れない。

揺らぐイカシバの心中をよそに、小出はチハと二こと三こと楽しげに言葉を交わした。

他愛もない世間話に花を咲かせているところへ、準備でわたわたしている平次郎が建物の外へ出てきた。

小出が「平次郎、」とつかまえた。「ところで、本日参ったのはほかでもない。暴かれた墓の検分と、追加の証人の招請、そして、新たな事件の探索のためである」

骨という物的証拠が出てこない以上、状況証拠を積み重ねていくしかないと考えた小出は、新たな証言者を必要とした。イタキサンらの証言の中にも出てくる、落部村の岩吉、久助、庄六は、トローンら一行を最初に実見し、岩吉と久助に至っては盗掘の犯行現場を直に目撃している者たちである。小出は彼らを追加証人として裁判に招聘することとした。そして小出は、法廷での弁論を行う以上、自らの目で盗掘現場を検分しておかなければならないと考え、証人招聘の通達も兼ねてオトシベに赴いたのだった。

「恐れながら、新たな事件とは」

これ以上面倒ごとに巻き込まれるのはごめんだ、とでも言いたげな表情で平次郎が尋ねた。

「そうだな、この村のことではないが、ことごとく同じ様相の一件なうえに、そなたらの同胞のことゆえ、話しておいたほうがよいな」

小出はイカシバとチハに向かって言った。

十月二十八日の第二回裁判が終わった直後、奉行所に新たな情報が寄せられた。トローン以下三名の被疑者が、九月十三日に森村でもアイヌ四人分の骸骨を盗掘していたというのだ。落部村と違い、いまだ訴え出る者もなく、ことは公になっていないが、当然これらの骨も返還させるべく法廷闘争の準備をするよう小出は吏員に指示した。ただ、出訴人がいないため、トローンらを糾弾するための糸口が無い。そこで、現場の検分と被害者及び証人の探索、確保のため、小出らは森村へ入った。調査をひと通り終えた一行は、森村で一泊してから落部村にやってきたのだった。

森村に住む同胞《ウタリ》も忌まわしい被害に遭っていた。もしかしたらもっと広範囲、蝦夷地《アイヌモシリ》のあちこちで盗掘が行われているのかもしれない。どれだけの報酬がもらえるか知らないが、金目でこんなことがまかり通ればアイヌの世界は大変なことになる。あの世にも行けず、この世にもとどまれず、アイヌモシリにも帰ってこられない先祖の魂が、無限の空白の中でさまようことになる。

イカシバは怒りの感情よりも、まだ見ぬ先の世への不安にやりきれない思いを抱いた。

「探索の中途ゆえ詳しきことは申せぬが、森村の村人らはさまざまな形で口止めされていたようだ」

さまざまな形というのは、脅されたり、場合によっては金銭を渡されたりしたのだろうか。そうなれば、犯罪を黙認、隠蔽したことで罪に問われたりするのだろうか。同胞が関わることだけに、イカシバは気になった。

「黙っていた者は罰を受けるのでしょうか？」イカシバが訊いた。

「いや、口述書を出すと申しておったゆえ、詰まるところ訴え出ることになる。罪に問うことはない。それに、異人らを恐れる気持ちはわかる」

江戸の幕府となってから長い間、日本《ひのもと》は外国との行き来をしてこなかった。長崎あたりに行かないと、外国人を見たことがないという者がほとんどだ。しかも、数百年ぶりの開国で入ってきた外国人らは、最新の文明力と日本国内では裁かれないという特権を持っている。国の最高権力層である侍ですら畏怖する存在であるならば、常人《つねびと》が恐れないはずはない。

〈小出奉行は恐ろしくないのだろうか〉

「であるがゆえに、」小出はイカシバの目を正面に見た。「そなたらは勇ましい。異人のような特異なるものを恐ろしいと思うのは当たり前だ。先祖のためとはいえ、尻込みしたところで誰も非難したりはせん。しかるに、そなたらは異人らの後を追おうともしたのだろう？　しかも熟慮の末、暴力にまかせることをせず奉行所に訴え出てくれた。日本中《ひのもとじゅう》に物分かりの悪い連中が蔓延《はびこ》る中、よくぞ道理を弁えてくれた。この小出感服致した。それにな、何を隠そう、わしとて異人は恐ろしいのだ」

小出の意外な言葉だった。

「だがな、怖いことと職務を果たすこととは別儀だ。そなたらが道理に従い、我らを信じて訴え出ておるのに、わしが怖気づき、退くことができようか」

　少し笑みを湛えた小出の表情からは、それが冗談なのか本気なのかわからなかったが、イカシバは小出の「我らを信じて」の言葉に少し胸が痛んだ。

「御奉行、囲炉裏の暖も回り、部屋の用意が整ったようにござります」橋本悌蔵と折原林之丞が小出に報告する。

「しつらえが遅くなりましたこと、ひらにご容赦ください」平次郎が雪面に土下座する。

「よせ、平次郎、そんなところに座り込むな。用意がされていないのは承知のこと。本来であれば、今日は談判をやる予定だった。そこもとも知っていたはずだ。談判を日延べして報せずに俄かにやってきたわしが悪い」

　平次郎は折原からも立つように促され、恐る恐る立ち上がる。

「いや、すまなかった。次の裁断までにどうしても森村の一件を調べておきたかったのでな、気分がすぐれぬと作病し、イギリス人どもとの約束を反故にした」

　小出は平次郎に申し訳なさそうに言った。そして平次郎とイカシバを交互に見ながら「なれば、本日は隠密行ゆえ、他言無用ぞ」と、おどけるように言った。

小出は平次郎に岩吉らの招請状を渡し、次回の裁判の日程が決まり次第改めて連絡する旨を伝えた。

「どうだ、イカシバ、岩吉ら三名が来箱の折には、ともに出て来ぬか。箱館在の幕吏を見知っているおぬしの案内《あない》があれば、岩吉らも心強かろう」と、事務的な調子で言ったあとに、「それにな、おぬしの父の骨を取り返す際《きわ》を、おぬしに見ていてもらいたい」と、すまし顔で言い足した。

冬季になり繁忙な作業もなく、ウタリも山から下り始め、イカシバ一人が伝達役を担う必要もなくなった。

〈行ってもいいか？〉という表情でチハの顔を覗くと、チハはほほ笑んだ。

先祖らの骨を取り返すことができれば、イカシバらアイヌにはそれで充分だった。だがイカシバは、小出が外国人を追い詰め、小出自らが骨を取り返してくれるところを見たいと思った。

「承りました。岩吉さんらを無事連れて参ります」

イカシバは頭を下げた。そして、下げた時ふと、自分の意思で和人に頭を下げたのは初めてではないか、と思った。

小出は笑顔で頷いた。

「さて、そなたらの墓に案内してもらえるか」

小出はイカシバとチハに言った。

小出が落部村に来たもう一つの目的は、盗骨事件の現場検証だった。職務の上でのことだが、奉行がアイヌの墓地を訪れるというのは初めてのことかもしれない。

「線香を持参してきておるのでな、拝ませてくれ」

小出のこの言葉にチハは笑みを浮かべて応えたが、イカシバは笑顔になれなかった。どうして素直に感謝できないのか自分でもわからない。先祖から受け継いでいる自分の血がそうさせているとしか思えなかった。

「冬の間は墓碑が突き出しただけの雪の原のようになり、足元も覚束ないのですが」とイカシバが言うと、

「春であれば野の花が綺麗に咲く良い場所なのです」とチハが付け足した。

「ほう、さようか。ならば、骨を取り戻したら春にもまた来なければならんな」小出がチハにほほ笑んだ。

「その時はお奉行さまに花飾りを作って差し上げます。私は上手なのですよ」

「これ、チハ、無礼ではないか」イカシバが慌てて注意する。

「いや、良いことを聞いた。わしが江戸へ帰るときは、その花飾りで餞《はなむけ》してもらおう」

「お江戸へ、帰るのですか？」

まさか人骨盗掘の解決を見ないまま蝦夷地を離れるというのだろうか。小出は江戸生まれの江戸育ちだ。北辺のこんな辺鄙なところにいつまでも居たくない気持ちはわかる。もちろん役人だから転属もやむを得ない。だが、小出がいないと、盗まれた遺骨は帰ってこないような気がした。

「今すぐということではない。ただ、わしもお勤めの身ゆえ、お達しがあれば従わねばならぬ」

そんな小出の言葉を聞きながら黙って眼差しを向けるイカシバとチハに、

「案ずるな。おぬしの父の骨は江戸に帰る前に必ず取り返す。何度も言わせるな」と、小出は悪童の親玉のような笑みを浮かべた。

イカシバ　4

―慶応元（一八六五）年十一月三日―

小出らは、アイヌ墓地を検分し線香を手向けたのち、その足で箱館へ発った。

翌日の十一月二日、昼過ぎから降り始めた雪にやがて風もつき、天候がやや荒れた。

馬での羇旅《きりょ》だった小出ら一行は、十一月一日のうちに亀田御役所に到着しているか、どこかで宿泊するにしても二日の昼前には旅を終えているはずだった。なので、吹雪には遭遇していないと思われるが、森村から赤井川に至る、蝦夷駒ヶ岳と渡島連山の間を抜ける辺りはもともと降雪の多いところである。もし森村で一泊し朝方ゆっくりしていたら、あのあたりで難儀するだろう、とイカシバは気になった。

二日の昼過ぎから降り始めたその雪は一晩中降りしきり、三日の明け方から徐々に弱まって昼には止んだ。落部の村もコタンも白銀に覆われ、イカシバの家《チセ》は真白な綿を厚く葺いたようになった。

イカシバのチセに平次郎がやってきたのは、雲間から姿を現した太陽がすでに西にだいぶ傾きかけていた時分だった。

「先ほど御奉行様からの御使者が来た」

平次郎は戸口で藁沓にこびりついた雪を払いながら言った。

奉行所の使者が昨日からの雪によって道中どのくらい難渋したかはわからないが、今日落部に着いたということは、やはり小出らは十一月一日のうちに亀田御役所に帰還したのだろう。

イカシバは平次郎に板間に上がるよう促した。

藁靴《わらぐつ》を脱いで板間に上がり囲炉裏端まで来た平次郎は、

「次の裁断は十一月六日昼に開かれるゆえ、五日の夕方までに御役所へ罷り越すように、とのことだ」と言いながら腰を下ろした。

五日の夕方までに入れということは、遅くとも明日四日の昼くらいまでには落部を出立しなければならない。イナワニはまだ山に籠ったままだが、イナワニにもイタキサン、トリキサンにも、奉行所から招請があったら岩吉らを連れ箱館に行ってくる旨は伝えてある。

チハは白湯を出しながら、自在鉤に掛けてある汁物を勧めたが、平次郎は断った。どうやら時間を持て余して座り込んだのではないらしい。

「実は、岩吉が行きたくないと言っておる」

平次郎は少し顔を曇らせて言いづらそうに言った。

平次郎はイカシバの所に来る前に、庄六、久助、岩吉の順で、六日に裁判が開かれる旨を伝えてきた。庄六と久助は「すでに旅支度はしてある」と、とうに心構えはできていたようすだったが、岩吉は「どうしても行きたくない、参上すべからざる旨を書状にしたため持って行ってもらえないか」とのことだった。

「お上からのお召しを断るのか？」

岩吉は罪人ではないし容疑者でもないので、病気や喪などのやむを得ない事情があれば、確かに断れないことはない。

「異人が恐ろしいというのだ」

平次郎が言うには、岩吉は異人に鉄砲を向けられた時の恐怖でいまだによく眠れないらしい。そういえば、イカシバたちが最初に盗掘跡を検分し、その詳しい状況を知るため岩吉に同行を求めた時も、岩吉は「恐ろしい」と言って拒絶した。

岩吉の気持ちはわからぬでもないが、イカシバからしてみたら骨が返ってくるかどうかがかかっている。裁判に臨むにあたり、同じ第一発見者たる久助はいるが、証人が一人のみか二人以上かには大きな違いがある。しかも岩吉は犯行現場の最も近くに住んでいる者だ。

「岩吉さんのところに行こう」

街道に出て落部川にかかる橋を渡れば岩吉の家はすぐそこだ。とにかく説得するしかない。

イカシバは岩吉の小心に歯噛みした。

〈和人は何もしてくれない〉という言葉がイカシバの心の中に木霊した。

三人は囲炉裏を囲み、岩吉の右にイカシバと平次郎が並んで座った。

岩吉は首をうなだれたままで何も言わず、岩吉の妻ヨシ、母トモは夕餉の支度を始め、父松蔵は部屋の片隅で縄を編み、家族はイカシバら三人の話を聞かないように努めている感じだった。子供たちは折よくどこかに遊びに行っているようだ。

「岩吉さん、一緒に箱館へ行ってもらえないか」

イカシバは、うなだれる岩吉の顔を覗き込むようにして言った。

「いや、すまねえが、おらは力になれねえ。おらが行ったところで何の役にもたたん」

岩吉はイカシバの目を見ずに言った。

「そんなことはない。岩吉さんは、異人たちが墓を荒らしているのを直に見た大事な証人だ」

「久助が行くのだろう？　久助も一緒に見たんだ。ならば、久助がおればええ」

「証人は一人よりも二人いたほうがいいに決まっている。久助さんだって岩吉さんがいれば心強かろう」

岩吉は黙り込んだ。第一発見者として一人で裁判に臨む久助のことを思ったのだろう。

「おら、怖《こえ》えんだ」岩吉が喉の奥から声を出した。「異人が怖えんだ。異人が鉄砲をおらに向けたんだぞ」

「それだけのことでお上からのお召しに逆らうのか？」

イカシバがそう言うと、岩吉は顔を上げてイカシバを正面から見据えた。

「イカシバ、お前《めえ》には鉄砲を向けられた者《もん》の気持ちがわかるのか？　相手は異人で、見たこともねえ大男だ。しかも嗤《わら》っていたんだぞ」岩吉はそこまで言って、視線を囲炉裏の火に移し、「いつも罷を相手にしているお前《めえ》にはわからんか」と、少し皮肉な笑みを浮かべた。

イカシバはしばし無言のまま心を落ちつかせた。

やがて熾火《おきび》を見ていた岩吉が平次郎に向かって言った。

「おらは病にかかっていると申し上げてくだせえ」

確かに、証言台に立つのが本来の三人ではなく久助と庄六の二人になったとしても、村年寄の平次郎が岩吉不参の由をあらかじめ書状にしたためて奉行所に提出すれば、特段の諌めもなく受理されるに違いない。だが、岩吉が仮病を使っていることを奉行所に密告すればどうなるだろうか。いや、それよりも、虚言であることを奉行所に告げるぞ、と脅せば、平次郎だって岩吉の作病に加担するような書状を書くことはできまい。自然、岩吉は箱館に行かざるを得なくなる。

イカシバの心の中にそんな衝動が湧き、口が動きかけた。先祖から受け継いだ澱《おり》のようなものが胃の腑を押し上げ、それが声となって唇の間から漏れそうになった。

〈だが……〉

たとえそれが正義と信ずることであっても、納得していない者を脅し、従わせるというのは果たして善なのだろうか。少なくとも誠実ではないような気がする。いや、そんなことにこだわる必要はない。これまでの長い年月、和人がアイヌにしてきたことと同じだ。同じことをし返して何が悪い。

イカシバは大きく息を吸った。言葉を吐き出そうと思った。が、吸った息を音にしないまま、吐いた。

やられたらやりかえす――そんな考え方はくだらない。自分が不誠実だと思うことはするべきではない。ただそれだけだ。それに、小出ならそんな卑怯な真似はしない。そんなことをして岩吉を連れて行っても小出は喜びはしない。先祖たちも決して喜ばない。

イカシバの脳裏に「骨は必ず取り返す」と言った時の小出の顔が浮かんだ。

イカシバは少しにじり下がってから、体の正面を岩吉に向けた。そして手をつき、額を板間に伏した。

「岩吉さん、お願いだ、オレと一緒に箱館へ行ってほしい。頼む、このとおりだ」

岩吉は、痩せた背中を相変わらず丸くしていたが、顔だけ上げ、申し訳なさそうにイカシバを見た。

「すまん、頭を下げられても、おらには無理だ」

「頼む、岩吉さん、オレは骨を取り返したい。いや、取り返さねばならん。御奉行も、必ず取り返すと言ってくれている。だが、それには岩吉さんの助けが必要だ。頼む。このとおりだ」

イカシバの声は床板に響き、大地から聞こえてくるようだった。

「いや、しかし、」

岩吉はイカシバから目を反らした。

平次郎も座りが悪そうに自分の手を見ている。

岩吉の父松蔵だけが、縄編みの手を止め、囲炉裏端の光景に見入っていた。

イカシバは手をついたまま顔を上げ、岩吉を見た。

「岩吉さん、あんたにとってはただのアイヌの骨かもしれん。だが、オレたちにとっては大切な家族や先祖の骨なんだ。人としてこの世に生きていた証なんだ。もしも岩吉さんが家族の骨を盗まれたら、それでもあんたは放っておくか？　取り戻すのを諦めるか？　盗んだ者を許せるか？　愛おしい者たちが生きていた証を失っても平気でいられるか？　オレは異人と戦をしてでも取り返すつもりだ。そして、御奉行も一緒に戦ってくれている。異人を相手にアイヌのために戦ったところで何の得にもならないことは、オレたちが一番よく知っている。でも、御奉行は、オレたちの大切なもののために戦ってくれているんだ。頼む、岩吉さん、一緒に戦ってくれ。俺たちを助けてくれ。オレは愛する者たちの骨を取り返したい！　頼む！」

イカシバは再び額を床板に付けたまま、言葉を発しなくなった。

しばしのあいだ薪の爆ぜる音だけが続いた。

「わかった、」岩吉がつぶやくように言った。「イカシバ、わかった。箱館に行こう」

イカシバはゆっくりと顔を上げた。

岩吉の顔は少し困っているようにも見えたが、先ほどまであった暗鬱とした陰は表情から消えていた。

「岩吉さん、ありがたい！　恩に着る！」

平次郎も安堵の色を浮かべた。

松蔵は穏やかな表情で縄編みを再開した。

「父っさま、二三日留守にするが、雪除けとか、薪の積みなおしとか大丈夫か？」

岩吉が松蔵に訊いた。

「そんなもん、心配せんで行ってこい」

松蔵は穏やかな表情のまま、作業の手を止めることなく言った。

折原林之丞

1

—慶応元（一八六五）年十一月六日—

折原林之丞は徒目付《かちめつけ》という役目柄、市中にある運上所に張り付くことが多い。ゆえに、各国領事館を訪問する機会もたびたびあったが、十日もあけずイギリス領事館に出入りすることになろうとは思わなかった。

慶応元年十一月六日巳の刻（午前十時）頃、小雪がはらはらと舞い降りるなか、小出大和守は組頭勤方山村惣三郎《やまむらそうざぶろう》、調役酒井弥次右衛門および髙木与惣左衛門《たかぎよそざえもん》ならびに小柴喜左衛門、調役並海老原鍇太郎《えびはらいくたろう》、徒目付折原林之丞、通弁鈴木知四郎《すずきともしろう》と、証人の落部村岩吉、久助、庄六らを伴い、イギリス領事館に入った。

領事館側は、多少の異同はあったものの、前回同様箱館に駐在する各国の要人を揃えていた。特にそのうちの一人、ポルトガル領事でイギリス人のハウルは、英国領事ワイスの補佐役のように最前列にワイスと並んで座っていた。

取扱所に据えてある西洋暖炉のカッヘルは燃え盛る炎を内に宿し、その燃焼の音が合戦前夜の篝火《かがりび》を折原に想像させた。

「先日は、わざわざ亀田までご足労いただいたのに、それがしの具合よろしからず、お目にかかれなかったこと誠に申し訳ない」という小出の社交辞令的な切り出しに対し、ワイスが、

「もう体調は良くなられたのかな？」と訊いた。

「いや、いまだ快癒にはいたらねど、裁断があるゆえ、少々無理を押して罷り越し申した」

ワイスは小出の返答はさして気にかけていないようで、「さて、」と早々に話題を切り替えた。

「盗骨事件についてであるが、まぁ、証人もいることなので、落部村のアイヌの骨が盗まれたという事実があったことだけは認めよう。だが、今後この件に関する一切のことは横浜のパークス公使の管掌するところとなった」

ワイスのこの言葉を聞いた瞬間、折原は〈してやられた〉と思った。おそらく奉行所側のすべての者がそう思っただろう。

公使ハリー・パークスは、日本での大英帝国の全権を担っている。その上位者に事を預けるというのは、事件がより高度に政治化したということを意味する。ここ箱館での談判がすべて無駄になるかもしれないということだ。

折原は小出の顔を見た。

小出とて心中穏やかではないはずだが、それでも表情は変わらない。小出にとっては、まだ想定の範囲内なのかもしれない。

「それは、トローンら三名の明らかなる罪を認め、さらにその罪がことのほか重いがゆえに、科刑を岡士殿の一存では決められず、公使殿の裁可が必要になった、ということでござろうか」

小出は努めて冷静に応じた。

「いや、そうではない。こちら側の立会人であるハウル領事とマル氏が、前回の裁判そのものに疑義があり承認できないということであるから、こちらとしてはこのまま進めることも難しく、ゆえに公使の預かりとなった。トローンらの罪状を認めたというわけではないし、そんなことをも超越した話だ」

「待たれい。裁断に疑義ありとは誠に遺憾ながら、仮にそれを差し置いたとして、さきほど貴殿はアイヌらの骨が盗まれたことを認めたではないか。なれば、トローンらの罪状は明白」

「とにかく、こちらの立会人が裁判記録そのものに不同意な以上、もはやここでは話が進まない。公使にお伺いをたてるしかない」

「なれば、その両人が納得いくまで、ここで吟味を続ければよいだけのこと。吟味すればおのずと、罪人とその罪状も明らかになる。公使殿の手を煩わすこともない」

　小出は言葉を選びながら淀みなく冷静に喋っているように見える。だが、さすがに苛立ってきているのが折原にはわかった。

「イギリス人がやったかどうかはまだはっきりしないが、」とワイスは右の人差し指を振りながら言った。「外国人が絡んでいるということであれば、大きな事件だ。そういう重大事件の場合は、小出奉行だって公儀に諮ることはあるでしょう？」

「無論、そのようなことはある。あるが、当然、その場での評定をでき得る限りやってからの話だ」

「我々は可能な限りやったと思っている。そのうえでハウル氏らご両人が不同意というのだからしかたがない」

「評定が尽くされたというのは得心いたしかねるが、そうであるならば、公使殿に預ける旨を事前に相談あってしかるべきと思うが」

「ですから、十一月一日開催予定だった裁判が流れた後、亀田にお伺いしたではありませんか。お見舞いがてらそのことをお伝えに参ったのですよ」

　ワイスは右の口の端をわずかに上げた。

「裁断を行っている期中に当事者同士が当該案件について個別に会うなどというのは、我が邦にはない」

折原は、このような小出の苦しげな答弁を初めて聞いた。事前に相談すべきと言っておきながら個別に会うことはない、という論法はいささか矛盾している。加えて、小出がどの程度の重大事件を引き合いに出し言っているのかわからないが、拘束されていない以上、裁判期間内でも当事者同士が会える場合はある。公儀の裁判方針としては、刑事以外であれば、当事者間で解決できるものはなるべく公が介入しないことになっている。だから厳密に言うと、小出の言っていることには齟齬がある。仮病を使って裁判予定を変更し、ワイスたちをやり過ごしたことに若干の負い目があり、不用意な発言になったのかもしれない。

折原は領事館側に何か付け込まれるのではないかと心配した。

「まぁ、いずれにしろ、そちらが新しい証人を連れてきたというなら糺してもらっても構わない。ただ、不同意の者がいる以上、君たちがどんなに審議を重ねたところで、我々としては裁判自体の成立は認められない。こちらはすべての権限をパークス公使に委譲しているわけだからね」

通弁の鈴木知四郎がうまく翻訳を誤魔化したのだろうか、幸いなことに折原の心配を裏切って、ワイスは裁判に対する不同意とパークスへの権限移譲とに固執してくれた。

「されば、何をもって不同意なのでござろう。その故をお聞かせ願いたい」

小出の声は落ち着きを取り戻したようだった。

「それは後日、書面にて通知しましょう」

「いや、それには及ばぬ。不同意のご両所がこの場におられるし、被疑者のトローンらもこの館にいるのだから、何故不同意なるかを今この場で糺せばよい。それに前回、もう一人の小使である長太郎も刻限によって尋問しておらぬゆえ、談判をやり尽すにはちょうどよいではござらぬか」

「新たな容疑者、または未聴取の者を尋問するのは構わないが、一度尋問した者を再度尋問することはできない」と、ワイスは不愛想に腕を組んだ。

「されど、先日糺せなかった事柄は本日糺す」

「ちょっと待ってください」ポルトガル領事のハウルが、芝居がかった調子で口をはさんだ。「一度尋問した者を再尋問できないのは大英帝国の法律です。それに先日の裁判では、小出奉行は他に証人がいないと言ったではないですか。その時点で裁判は終わり、裁判記録も締め切られている。もし今回連れてきた新しい証人に証言させるというのであれば、裁判記録に添付することはできるが加筆することはできませんよ」

ポルトガルは日本に初めて鉄砲をもたらした国だと折原は幼い頃に教わった。およそ三百年も前に大海原を渡り、最新鋭の技術をもたらした大先進国だった。そのポルトガルが、箱館に領事すら派遣できず、こんな若造に代行させている。現在のイギリスの世界的な地位と人材の豊富さを示しているのだろうが、折原は、儒教的でないこの賢《さか》しい若者が好きにはなれなかった。

「これは異なことを言う。当方は裁断が終わったなどと了承した覚えはない。刻限が参ったから中断したまでのこと。それが証拠に長太郎の尋問が終わっておらぬ」

相手がハウルに変わっても、小出は拍子と呼吸を乱すことはなかった。

「確かに、前回は時間も遅くなり、翌日にでも続きを、ということになりましたが、小出奉行の体調不良による日延べもあり、数日が経過したわけです。で、あの時点で他に証人はいないと言っていたじゃないですか。それをですよ、ずるずると日を費やした今更になって、新しい証人がいると言われても、我が大英帝国の法律には適用できませんよ」

ハウルの雄弁な語り口に、ワイスは髭をいじりながら頷いていた。

「そもそも日も暮れてきたゆえ次回にしようと言い出したのは岡士殿だ。しかも、それがし疾病につき裁断を本日の十一月六日に日延べせしことは、正式に書面にて取り交わしている。それにもかかわらず裁断を締め切ったとは、納得できるはずがない」

「裁判を締め切るための手続きは踏んでいますよ。奉行所の皆さんが退室した後に、被疑者やこちら側の証人を我々が尋問してから裁判記録を締め切っておりますから」

「我らの退去後に糺したと申されても、もとより裁断書に不同意である貴殿の言を信ずることができようか」

小出のこの言葉にハウルは不快を露わにしたが、かまわず小出は続ける。

「しかしながら、今ここで信ずるか否かを言い争うは詮無きこと。すべきは、当方で連れて参った新たな証人とトローンらを糺すことである」

「そちらが連れてきた証人を尋問するのは勝手だが、トローンらは再尋問できないと言ってるじゃないか」

それまでハウルに返答を任せていたワイスが色めきだつ。

「糺し直したいことがある」

「だからそれは違法なのだ。しかも裁判記録は締め切っている」

ワイスやハウルの主張が嘘なのはわかっていた。イギリスの法律で再尋問が禁止されているとは思えない。彼らは、奉行所側がイギリスの法律や諸外国について無知なのをいいことに、適当なことを言っているに違いなかった。おそらく小出もそのことはわかっている。だがわかっていても、こちらから席を蹴飛ばすわけにはいかない。いざ領事裁判権を盾に取られたら、すべてがご破算になる。

小出は黙った。が、それは行き詰まりの沈黙ではない。何か考えている顔だった。

「先ほど貴殿らは、当方がこちらの証人を糺すのは差し支えなく、裁断書にも口述を添付すると申されたな」

「ああ、それは構わない。だが、トローンらは再尋問できない」

ワイスは小出に鋭い視線を送り、再尋問に対する拒絶の意思を明確にした。

「心得た。なれば、当方は連れてきた証人をこの場にて糺す。折原、庄六をこれへ」

折原は立ち上がり、取扱所の戸口へ向かった。

「されば、トローンら三名もここへ呼んでもらいたい」

折原が取扱所を出るか出ないかのところで、小出が領事側に言った。

「小出奉行、尋問はできませんよ」ハウルが甲高い声をあげる。

「心得ておる。されど、裁断に出頭することは拒否されてはいない。彼らはこの談判の当事者だ。ここにいないことがおかしい。それに、我らがいかなる話をするか被疑者らも聞いておいたほうが得策ではないのかな」

ワイスは隣に座るハウルと相談を始め、彼らの後ろに座るマルと書記官のロベルソンもこれに加わり、四人が顔を突き合わせた。

この間、折原は控所から庄六を引き連れ取扱所に戻ってきた。

「了解した。トローンら三名をここへ呼ぼう。しかし、再三再四申し上げるが、彼らには尋問できないし、仮に彼らが何らかの発言に及ぶことがあっても裁判記録には一切記録されないので、そのつもりで」

ワイスはしつこく念を押し、ロベルソンを仕立てて三人を呼びにやらせた。

憮然とした表情のトローンを先頭に、三人の被疑者が入ってきて席に着いた。

落部の旅籠屋庄六は、大勢の外国人と奉行所の役人を前にして証言台に立った。緊張しているのがありありとわかった。

「さて、庄六、そなたを始めに呼び出したのは、この度の事件に絡む、落部村を訪れた異人らと、最初に会うたのがそなただからだ。異人らは、落部村のアイヌ墓地に至る前にそなたの旅籠で休息を取っている。それでだ、」と、小出は一呼吸おいて帯から扇子を抜き取り、「居並ぶそこな異人の中に、その時そなたが見た者はおるか？」と、『敦盛』でも舞うかのように、抜いた扇子を領事側に差し伸べた。

外国人はおしなべて気持ちが表情に出やすい。イギリス人たちが、はっとなったのが折原にはわかった。

「へえ、そこの、顔に痣のある男を含めた三人が、手前の旅籠で休息を取っていきました」

微動だにせず庄六の証言を聞いていた小出は、扇子を構えたその態勢のまま言った。

「なればトローン、そのほう、庄六方で休息を取ったことに相違あるまいな」

「小出奉行！ 再尋問は違反だ！」ワイスが、小出の発言を通訳する鈴木の言葉にかぶせるように怒鳴った。「裁判記録も締め切っていると言ったはずだ！」

「承知しておる。されば、いずれにせよ裁断書に記載されないのだから、当方が尋問しようが、それに答えようが、差し障りないのではないかな？」

小出は言いながら、刀を鞘に納めるごとく扇子を帯に挟み込んだ。

小出のこの態度と発言に、ワイスの怒りは誰の目からも隠せなくなっていた。

「小出さん、あんたがたは日本人しか尋問できないんだよ。だからもう、ここではなく運上所で勝手にやってもらえないか」

「こちらの証人の口述は裁断書に添付してくれるのでござろう？ であれば、運上所ではなく、被疑者も証人も揃っているこの岡士館で糺したほうがよいではござらぬか。それを、そこな庄六がトローンらの顔を検分した途端に、運上所で気随《きずい》にせよとは、まったくもって腑に落ちぬ」

　ワイスの表情がにわかに歪んでいく。直情的な怒りを抑えようとする力が加わり顔が複雑に歪む。苦虫を噛み潰すとはこういうのを言うのだろうと折原は思った。

「そんなことよりも、前回は他に証人がいないと言っていたのに、また新たに連れてくるとはどういうことだ」

　ワイスは返答に窮したのか、裁判での証人の在り方について蒸し返した。

「事件を掘り下げれば新たな証人が出てくるのは道理」

「私は後進国の法律はよくわかりませんがね、」ハウルが口を挟んだ。「裁判が締め切られても次から次へと証人を継ぎ足してくるのが、あなたの国の法律では許されているのですか?」

「まだ裁断は終わっていない」小出の声に凄みが加わった。「では聞くが、新たな証人がおるにも関わらず、勝手に裁断を締め切り正義を紕さないのが貴殿らの法度なのだな」

「なんですと!　失敬ではありませんか!」

　若いだけに堪えることができなかったのか、ハウルは大声をあげ、激しい動きで小出を指さした。

　入り口に近い後列に座っていた折原は、万が一のために腰を浮かせた。

「とにかく、」ワイスが壁を作るように声を発し、実際右腕でハウルを制しながら、「パークス公使に預けてしまった以上、こちらの証人はもはや尋問できない」と言った。

小出はワイスを見据えたまま、しばらく沈黙した。

トローンは薄ら笑いを浮かべながら黙る小出を見ていた。

「では、」小出が沈黙を破った。「森村の一件について伺おう」

「森村？」

「さよう。去る九月十三日、森村のアイヌ墓地においても骨が盗み取られた。当方が検分したところ、疑わしき者は三人、やはりそこにいるトローン、ケミッシュ、ホワイトリーであった。この件について早速糺したい」

「馬鹿げている！　それは別件ではないか！　無茶苦茶な話だ」

ワイスは大げさに両腕を外へ広げて首をすくめ、小馬鹿にしたような顔を天に向けた。

ハウルは実際に声を上げて笑った。

「勝手に締め切った裁断は尋問あたわず、事件が異なればやはり尋問できず、この場にこれだけの者が集まったのは一体なんのためだ。それこそ無茶苦茶だ。これが我が邦と修好の条約を結んだ国のやることか。他国の岡士殿らも呆れかえっておるのではないかな」と、小出は、その場に参集しているアメリカ領事ライスなど他国の外国人らを見渡した。

小出の言に、ワイスとハウルの嘲《あざけ》りを含んだ顔が一瞬にして不愉快なものになる。

侍の世界もこれくらいわかりやすければ楽であろうな、と折原は少しだけ思った。

「小出さん、挑発のつもりかもしれんが、何と言われようと、公使に預けた以上、できないものはできない」

小出はワイスに眼光を送ったまま動かなかった。

ワイスも小出から視線を外さなかった。

ずいぶんと長く感じる音のない時間が続いた。今度こそ行き詰ったかと折原は思った。

「されば、貴殿らの助言のとおり所を移し、運上所にて当方らの証人を糺すこととしよう」

小出のこの言葉に折原は、〈やはり負けたか〉と思った。

所詮はこちらの証人である。運上所に戻って尋問したところで、昨日十一月五日に亀田御役所に到着した彼らから事前に事情聴取したのと異なるものは特段出てこないだろう。

「さりながら、当方の都合宜しく勝手気ままに証言をさせたと思われても甚だ心外。ゆえに、少なくとも岡士殿、ハウル殿、マル氏にはご臨席願いたい。また、その際は思うままに当方証人を尋問してもらっても結構でござる」

折原は思わず小出を凝視した。

「また、岡士館小使の庄太郎と長太郎は運上所に引き連れ、これを糺す。以前にも申したとおり、この者らは日本《ひのもと》の民なれば、我が邦の法度に照らし裁断を受けることになる」

領事館側が困惑の色を浮かべた。

「待ってくれ、外国人が犯した行為のために日本人が裁かれるというのは、どうも居心地が悪い」

「それはやむを得ぬこと。我が邦の民が我が邦の法を犯せば、罰せられるのは道理」

ワイスは再びハウルらイギリス側の人間と相談を始めた。

庄太郎、長太郎は外国人被疑者の行動を知り尽くしている。運上所に連行され、後ろ盾なく公儀役人に尋問されればどんな証言をするかわからない。小出は、彼らが禁止する事項に抵触することなく、裁判から逃がれようとする彼らを押しとどめ、その退路を断とうとしているのだ。

「ご異存はござるまい」

小出は背筋をまっすぐにして、相談を続ける領事席に相対した。

小出の背中が折原にはかつてないほど大きく見えた。

「承知した。では、書記官のロベルソンを加えて運上所にお伺いしよう」ワイスが不安げな表情で言った。

小出は繋げた。細い希望の糸を手繰り寄せた。

〈凄い人にお仕えしたものだ〉

折原は上役の酒井に声を掛けられるまで呆然と小出の背中を見ていた。

イカシバ 5

―慶応元（一八六五）年十一月六日―

イカシバは運上所の控所で、カッヘルを真ん中に、見知らぬ和人と同座していた。男は小太りで顔は丸く平たかった。お世辞でも容姿がいいとは言えない。着ている服も彼の印象を余計に悪くしていた。男は、西洋の服を身に纏っていた。

小出ら奉行所の者たちが領事館員数人を引き連れて運上所に戻ってきたのは昼少し前だった。今日はきっと長丁場になる、との心構えで運上所の控所に待機していたイカシバだったが、小出らがイギリス領事館に乗り込んでから一刻も経っていなかった。イカシバが付添人として落部村から連れてきた岩吉、久助、庄六も、戻ってそのまま運上所の二階へと上がってしまったので、裁判が首尾よく進んでいるのかどうかもわからなかった。ただ、領事館の外国人たちを引き連れて戻ってきたということは、談判がまだ終わっていないのだけは確かだった。

皆がそのまま二階の談所へ上がる際に、イギリス領事館の大男が、背丈がその男の二分の一ほどの洋装の和人を、イカシバが待機するこの控所に置いて行った。洋服に身を包みイギリス人の指示に従うということは領事館の小使であろう。しかもその容姿は岩吉や久助から聞いた、盗掘を手伝っていた和人の特徴と合致する。おそらく小出や奉行所の者らが言っていた小使の庄太郎に違いなかった。それを裏付けるかのように、険しい視線を送るイカシバから最も遠く距離を取れる位置に男は身を置いている。

今日は本格的な冬の入りを思わせる寒さだ。舞降る雪の質も、今年のこれまでのものとはまるで違う。午の下刻を過ぎても気温は上がってこない。それでも洋装の男はイカシバの近くにあるカッヘルに寄ってこようとはしなかった。もっとも、このカッヘルの暖かさは囲炉裏や火鉢などとは比較にならず、部屋のどこにいようとも、寒いということはないのだが。

庄太郎とおぼしき男は完全にイカシバからの視線を逸らせていた。もしこの男が本当に庄太郎なら、イカシバにとっては骨を盗んだ加害者の一人である。今ここで締め上げて骨の在り処を白状させたいくらいだ。だが、小出が正当な手順を踏み、イギリス人に罪を認めさせ骨を返還させようとしているものを、自分の短絡な行動で水を差すわけにはいかなかった。それに、庄太郎が骨の在り処を知っているとは限らない。締め上げた結果ただの暴力沙汰となり、こちらの瑕疵になれば、それこそ小出の足を引っ張ることになる。

洋装の和人と二人で留め置かれ、そんなことを悶々と考えながら、結構な時間がすでに経過していた。

少し外の空気を吸おうとイカシバが立ち上がると、洋装の和人が身構えたように見えた。〈お前は庄太郎なのか〉と問いただしてやりたかった。だが、聞けば最後、自分を律することができなくなりそうで、イカシバは振り切るようにして控所を出た。

イカシバが運上所の門の外へ出ると、以前と同じ田中という足軽が、菅笠と蓑を白くして門衛をしていた。

臥牛山のほうを望むと、イギリス領事館の向こうから山頂までは降雪でよく見えなかった。

「寒いのにご苦労だな」

イカシバのほうから話しかけた。

「なんの、お役目だからな」

田中は顔をほんの少しイカシバに向け微笑した。

「骨が返ってくるといいのう」

十日ほど前は、「御奉行が必ず取り返してくれる」と言った田中だが、願望のような口ぶりになったところを見ると、足軽という下役の立場でも、談判がなかなか思うように進んでいないと感じるのだろう。

「ありがとう」

それでも、イカシバは礼を言った。

「異人の渡来を許してしまうからこんなことになる。異人などみな日本《ひのもと》から追い出してしまえばいいのだ」

幕府の方針は今のところ開国ということになっており、田中の言うようにはならないのだろうが、公儀の中にもそう思う者が大勢いるのだから、諸藩や浪士の暴発を抑えるのはさぞや大変だろう、とイカシバは思った。

「ほんにのう、許されるものなら、今この二階にいる連中も、こいつで打ち伏せてやりたいものだ」と、田中は以前と同じようなことを言って、以前と同じように六尺棒を振った。

イカシバだってそうだった。もし暴力がまかり通るなら、返り討ちになるかもしれないが、今すぐにでもイギリス領事館へ骨を取り返しに行きたい。非道には力で応酬してやりたい。かつてシャクシャインがそうだったように、権力の横暴に反旗を翻すのだ。物心ついて和人支配を思い知らされてから、イカシバは何度夢想したかわからない。アイヌモシリを取り戻すため、蝦夷地のアイヌを糾合する。たとえ皆殺しにされようとも、正義と信ずる道を突き進む。少年の頃のイカシバは、そんな英雄にあこがれていた。だから、シャクシャインからの挙兵要請に応じなかった西蝦夷の大酋長ハウカセや、松前に味方した先祖のウタリが好きにはなれなかった。なぜアイヌ一丸となってこの土地から和人を追い出さなかったのか、なぜ命を懸けて戦わなかったのか、と。

しかし年を取るごとに分別はついていくものだ。松前藩がいかに強く、しかもその松前ですら弱小のうちにしか入らない江戸幕府による幕藩体制が、想像をはるかに超えた規模であることを知るまでには、さほど時間はかからなかった。

自分の命はともかく、父母や友や愛する者の命を犠牲にしてまで正義を貫くことが本当に正しいのか——青年となったイカシバは、ハウカセや先祖のウタリたちの気持ちがほんの少しわかったような気がした。ただ、誇りを捨てたわけでもなく、正義を捻じ曲げたつもりもない。だから心の中で「オレは同胞を裏切らない」と、このことだけを唱えるようにしていた。それはいつか和人と対決したときの旗印となり、自分の精神的な支柱になると思っていた。

しかし、そんなある日、和人よりも強大な力を持つ外国人が現れた。イカシバは困惑した。和人のみならず、アイヌモシリを脅かすこの新たな存在までも相手にし、自分たちはどうやってアイヌとしての生きる道を歩んでいけばいいのか。

盗掘事件が起きたのはイカシバがそんな危惧を重ねているさなかのことだった。恐れていたことが現実となった。いつか和人と対決することになるかもしれないと腹積もりしていただけに、頼ったところで和人は助けてはくれないだろうと思っていた。だが、予想は裏切られた。この蝦夷地での和人最高権力者である小出は、暴力を使わずに外国人と真っ向から対峙した。

十一月五日の晩、イカシバが岩吉らを連れ亀田御役所に到着し、調役の小柴喜左衛門より裁判での心得や証言の事前講義を受けていた時、不在の小出に代わって言葉を伝えるという形で、

「こたびは落部村アイヌ人骨盗掘の一件に際し、急な申し伝えにかかわらず罷り越したこと感謝する」と小柴が言った。イカシバはこの時、小出が和人のためではなくアイヌのために戦っていることを、改めて認識させられた。

この小出と出会って以来、イカシバの中で何かが変わってきているような気がした。ただ、それが何なのか、イカシバにはよくわからなかった。

「どうした、骨が戻らないかと案じておるのか？」

考えを巡らせていたイカシバに田中が訊いた。

「ああ、」と言いかけて、イカシバはいったん言葉を切る。そして、

「いや、心配してはいない。小出奉行が必ず取り返してくれるのだろう？」と田中に言った。

「うむ、そうだったな。御奉行はやってくれるはずだ」

田中は自分に言い聞かすように言葉にした。

イカシバが控所に戻ると、庄太郎とおぼしき男は先ほどと同じ場所からちらっとイカシバの方に瞳を動かした。小出たちとともに岩吉、久助、庄六が二階へ上がってから間もなく一刻ほどになる。一階の天井のどこからか二階の床板の軋む音が時折聞こえた。談所への出入りがあるようだった。談所の脇にある別室に控え、一人一人呼び出されては尋問を受けているらしい。どのようになっているのだろうか。談判はこちら側に有利に進んでいるのだろうか。談判する声は漏れてくるが、和人語も、当然外国語も、内容が聞き取れるほどに聞こえるわけではない。この事件にとっておそらく重要な証言をしているのであろうそんな彼らの言葉を、遠くで聞く潮騒のように、イカシバは目を閉じただ耳で捉えていた。

イカシバの中にふと不思議な思いが湧いた。アイヌの言葉があり、和人の言葉があり、異人の言葉も無数にある。どうして言葉は一つにならなかったのだろうか。もし一つになっていたら、人間はどんな生活を送っていたのだろうか。今よりも争いは少なくなっていただろうか、それとも、さらに激しい争いをしていただろうか。同じ言葉を話していても争うのだから、争いそのものがなくなることはないだろう。理解しようと思って聞いても理解できない苛立ちが、言葉には常に付きまとう。でも、目を閉じて潮騒のように聞く言葉は耳に馴染み、イカシバは何となく意味が分かるような気がした。

やがて、人間が口から出す音が聞こえなくなり、各室を出入りする音だけが天井板の軋みとともに聞こえてきて、岩吉、久助、庄六の三人がまとまって二階から降りてきた。

「どうした、談判は終ったのか」

控所に入ってきた三人にイカシバが尋ねた。

「いや、まだ終わっていない」岩吉が答える。

「うまくいっているのか」

イカシバへの返答を譲り合うように三人は互いを見合った。そして、三人が三人とも、部屋の隅にいる庄太郎とおぼしき洋装の和人をちらりと見た。

「ここではちょっとな」岩吉が小声で言う。

洋装の和人に聞かれたくないことがあるのだと理解したイカシバは、控所を出て門衛の田中のところに行った。

「納戸のような部屋でよいから、少しのあいだ使わせてもらえないだろうか」

外で立ち話でもよかったが、門内でも門外でも、四人もの男が顔を突き合わせてひそひそと話すのはやはり不自然だった。

田中が少し合点のいかない顔をしたので、イカシバが説明すると、

「ならば、詰所は暖がとってあるから、詰所を使うとよい」と言って、火の焚いてある自分たちの詰所を快く提供してくれた。

玄関を挟んで控所と反対側にある、入り口に最も近い部屋に四人は移動した。

「あの男は庄太郎だ。異人たちがおらの旅籠で休息を取ったときに、通弁したり小間使いしとった」

詰所に入るなり、庄六が言った。

「ああ、間違いない」岩吉が同調した。

「あいつは墓荒らしのくせに、おらたちに生意気な口を叩いたんだ」

久助は参考程度の情報を忌々しげに付け加えた。

イカシバの予想どおり、洋装の和人は庄太郎だった。それにしても、なぜ庄太郎はのこのこと運上所まで付いてきたのか。付いてこざるを得なかったのだろうか。

運上所にやってきた領事館側の人間は、館員数名と庄太郎ら二人の小使だけだ。骨を掘り盗ったはずのトローンらは運上所に来ていない。談判の場所を変えていることも不規則だ。きっと

小出の思惑どおりには進んでいないのだろう。

「ところで、あの庄太郎はお縄になるぞ」岩吉が言った。

「どういうことだ。異人たちも捕まるということか」イカシバが訊く。

「いや、おそらく庄太郎ともう一人の小使の長太郎だけだ」

聞くところによると、岩吉、久助、庄六の三人のうち、尋問の順番が最後に回ってきたのは岩吉だった。

岩吉が、盗掘現場を目撃した時の状況を、小出やポルトガル領事のハウルから一通り質問された直後のことだった。

「やはり再度トローンらを尋問したい」と小出が言いだした。

ハウルが、それは国法にそぐわぬことだから無理だ、とにべもなく断ると、小出は、

「どうしても国法と言い張るのならいたしかたない。では、当日同行した小使二人の身柄を引き渡してもらいたい」と言った。

引き取ってどうするのか、とハウルが問うと、

「詮議のうえ罪あらば仕置きする」と答えた。

これに対し、外国人のために日本人が裁かれるのは理屈に合わない、とハウルが主張した。

すると小出は、

「この二人の小使は日本人である。トローンらの裁断権がそちらの国法下にあるのなら、日本人を裁く権利はこちらにある。庄太郎らは我が国法が裁く」と言い放ったという。

この小出の言葉に領事たちが怯《ひる》み、なにやら協議を始めようというところで、岩吉は談所の外に出された。そのあとすぐ三人は裁判から解放され、そろって二階から降りてきた。

小出は庄太郎らを拘束し、容疑者に関する証言を引き出そうとしているらしい。そうなれば、もしかしたら遺骨の隠し場所もわかるかもしれない。小出はその怜悧な頭脳で事件解決の糸口をなんとか手繰り寄せようとしている。異人たちにとっても小出は難敵なのだろう。

イカシバら四人が控所に戻ると、一人の外国人が声を落として庄太郎と話していた。領事館から運上所へ戻ってきた一団が二階に上がっていく際、この控所に庄太郎を置いていった大男だった。

男はイカシバらが入って来たのに気づくと、大きな背を丸め、顔がくっつくほど庄太郎に寄り、何かを促すようであった。

「バット、ミスターロベルソン……」庄太郎が異国語で何か言った。

「Hurry up!（急げ！）」

異人が鋭く言うと庄太郎はやにわに立ち上がり、イカシバらを尻目に控所の戸口を出て行った。

何が起こったのか、とイカシバは思った。

他の三人もやや茫然と、去って行った庄太郎の跡を見ている。

イカシバは先ほどの岩吉の「庄太郎はお縄になる」という言葉を思い出した。と同時に、一人残ったロベルソンを見た。

ロベルソンは何かに警戒するようにイカシバたちを見ていた。

「厠にでも行ったのか?」久助が誰ともなく訊いた。

「いや、違う」

イカシバはそう言って、庄太郎が出て行った控所の戸口に向かった。

長身のイカシバより頭一つ大きいロベルソンが背中を向け、壁のように戸口に立った。

「どいてくれ」イカシバはロベルソンの後頭部あたりに向かって言った。

「What?（なんだ?）」と言ってロベルソンは首を回し、横目でイカシバを見下ろした。

「そこを退けろ」

イカシバは引き戸を開けるような手振りをつけて言った。

「Sorry, I can't understand what you say（すまんな、言ってることがわからん）」

ロベルソンは振り返って、体をイカシバに相対し、両腕を広げた。

時間稼ぎをしているのは明らかだった。

「庄太郎を逃がしたな。どけろ！」

イカシバの怒声にロベルソンは怯んだ。

その隙にロベルソンの脇をすり抜け、門の外へ駆け出した。

「どうした。何やら大声が聞こえたが」田中が訊いた。

「庄太郎が出て行かなかったか。イギリス岡士の小使の男だ」

「ああ、あやつなら先ほど、岡士の使いがあるとかで、ほれ、岡士館へ戻ったぞ」

田中が指し示した方角を見ると、一町ほど先を小走りに行く庄太郎の姿が、小雪の中わずかに霞んでいる。

「違う、逃げたんだ。異人が奴を逃がしたんだ」

イカシバが田中にそう言って、田中が何か言い返そうとしたとき、後ろで誰かが階段を走り下りてくる音が聞こえた。

二人が振り返ると、二階から降りてきたのは折原林之丞だった。

折原は控所を一瞥する。

「庄太郎を追え！　逃がすな！」

　田中に向け大声を放った。

　田中は「おのれっ、」と吐き捨て、六尺棒を手にしたまま岡士館のほうへ駆け出す。

　イカシバも反射的に後を追った。

　雪にうっすらと覆われた広い坂道を、田中とイカシバは、眼前に屛風のごとくそそり立つ臥牛山に向かって駆け上る。

「くそっ、館《やかた》に逃げ込まれたら厄介だ」

　田中が焦燥を浮かべる。なんとしても領事館手前で庄太郎を捕えたいようだった。

　今回の盗掘に関する裁判が始まるにあたり、奉行所からの注意事項として、特段の許しがない限り勝手に領事館敷地内に入ってはいけない、ときつく言われていた。なんでも、領事館の敷地内は日本《ひのもと》であって日本でないらしく、公儀の役人ですら個別の許可札を持っていないと入れないということだった。

　田中が焦るのは、おそらくこの許可札を持っていないためであり、たとえ許可札があったとしても、捜査や探索ということになれば、領事館側の了承なしでは立ち入りが不可能だからに違いない。

イカシバと田中は急な上り坂を全力で走った。羽のように軽い雪が目や鼻や口に入り、走ることへの集中を妨げた。表皮にくっつく雪は瞬時に溶け、まだ汗をかくほど走っていないのに汗のように顔面を流れ、精神を疲労させた。

距離は徐々に縮まっていた。だが、どんなにイカシバや田中の足が速くとも、やはり追いつけるような距離ではなかった。相当の隔たりを残したところで、庄太郎はイギリス領事館内に姿を消した。

「しまった、」

田中は嘆きながらも速度を緩めなかった。が、走り着いてみれば、すでに柵は閉じられ庄太郎の姿もなく、柵の内にいたのは二人の外国人だった。

一人は肥えた男で、頬のあたりに痣があった。酒を飲んでいるのか、顔は赤みを帯び目は淀み、お世辞でも良い人相とは言えず、顔の痣が余計に男の印象を悪くしていた。

もう一人の長身の男も、癖のある長髪を顔の両側に垂らし、含みのある笑みを浮かべ、イカシバら二人を見ていた。

イカシバは直感的に、この男たちがあの日遠目に見た盗掘の実行犯だと悟った。太ったほうは右手に西洋剣を下げ、長身のほうは短銃《たんづつ》を握っていた。

「Monkeys, go away!（帰れ、サルども！）」

「Step back!（さがれ！）」

　二人の外国人は大声で威嚇する。

　何を言っているのかはわからないが、それぞれが武器を携え身構えているということは、おそらく「立ち去れ」と言っているのだろう。

「庄太郎が中にいるはずだ！　すみやかに引き渡せ！」

　田中は外国人らの恫喝に負けていなかった。言葉は彼らに通じていないのだろうが、身振り手振りで庄太郎の身柄引き渡しを要求した。

　突然、外国人らが柵を開け飛び出してきた。

　イカシバは反射的に横に飛び退いた。

　顔に痣のある男が剣を振り上げて田中に向かっていく。

　田中は六尺棒を持っていた。異人を打ちのめしてやりたいと言っていた田中である。手にある六尺棒で防戦するか、もしくは、望みどおりに異人を打ち据えるだろうとイカシバは思った。

　ところが、田中は六尺棒を投げ出し、両腕で頭を守るようにしてうずくまった。

　その姿を見た痣のある男が、憤怒の中に愉しみを含んだような表情で、剣の柄を田中に振り下ろし何度も打ち据えた。

田中は丸くなって横たわり、動かないのか動けないのか、とにかく手を出そうとはしなかった。

長身の外国人は、田中が打ち据えられるのを見世物でも眺めるかのように嘲笑しながら、右手の短銃を弄んでいた。

痣の男が田中に対する暴行を止めた。

そして、長身の男が短銃を田中に向けて構えた。

気づけばイカシバは体を躍らせ、その銃口の前に立っていた。自分でも信じられなかった。

〈田中を助けなければ〉と思った時には体が動いていた。

長身の異人が狂ったように何か叫んでいる。罵っているのはわかった。

イカシバはその深い眼窩から、射るような視線を外国人に向けた。山で出会った羆《キムンカムイ》の眼力を我が身に宿す。

「やめぇぇぇぇい！」

折原林之丞が通弁の鈴木知四郎を連れ、駆け込んできた。

「それまでだ！　トローン、ケミッシュ、これはいかなる料簡か！　条約違反を問われかねぬぞ！」

怒気をたたえた折原の言葉を鈴木が訳して聞かせると、外国人らは闘争態勢を解いた。そして何やら汚らしい言葉と唾を吐き、領事館の中へ入っていった。

「大事ないか」

折原が田中に肩を貸す。

イカシバは折原の反対側に回り、田中の腕を自分の肩に回した。

「折原様、それがしは手出ししておりませぬ」田中が顔を歪めながら言う。

「うむ、わかっておる。よくぞ耐えた」

組み打ちしたところで、体の小さな田中が巨漢の外国人に勝てるかどうかはわからない。しかし会うたびに田中は異人を打ち据えてやりたいと言っていた。きっと反撃したかったはずだ。しかも無体《むたい》を働いているのは奴らのほうなのだ。それでも田中は無抵抗だった。外交特権を有している外国人を害したら、国全体の外交問題になることを日頃から叩き込まれているのだ。悔しくないのだろうか、とイカシバは思った。

〈いや、悔しいに決まっている〉

松前藩に虐げられてきたアイヌはずっと悔しい思いをしてきたのだ。力弱き者が力強き者の横暴を許さざるを得ない悔しさはよくわかる。そして、自分だけではなく自分以外の者のために耐えなければならないことがあるのも、イカシバは理解できた。無論それは釈然とするものではない。和人がかつての自分たちと同じ目に遭っているのを見れば、〈ざまはない。因果応報だ〉という思いが心のどこかに生まれるのは否定できない。しかし、目の前にいる和人たちはイカシバたちのために戦ってくれている。しかも田中に暴行していた相手は盗掘の実行犯だ。イカシバにとってもまさしく親の仇なのだ。

イカシバはまた少し、ハウカセや先祖たちの決断の意味するところが分かったような気がした。ただ、納得というのには程遠かった。

「助けてもらって、すまんな」と、苦痛に歪む笑みで、田中がイカシバに言った。

イカシバのもやもやした思考がすっと落ち着いた。

運上所に戻ると、小出はじめ領事館の者たちも階下に降りてきていた。

怪我を負った田中を迎え入れ、小出はその無事を確認し、折原から簡単な事のなりゆきを聞き取ると、ワイスとハウルを見据えて言った。

「これはいかなることでござるかな。ご両所は、庄太郎に罪はないと申されるが、罪なき者がなにゆえ逃げるのか。しかも岡士館がその疑わしき者を匿い、あまつさえ不審の者を追った奉行所官吏を打ち据えるとは何事か！　聞けば、無体を働いた者は盗骨の嫌疑がかかるトローンとケミッシュ。まさしくこの疑わしき者どもが、正義を行おうとした無抵抗の者を打擲《ちょうちゃく》したのだ。まことにもって言語道断なり！」

イカシバが小出という人間を知ってから初めて見る怒気だった。でもそれは、イカシバだけが初めて見たわけでもないらしく、領事館の人間のみならず奉行所役人も目を丸くしていた。

慌てて何か説明しようとするワイスにかまわず、小出は声を低くして続けた。

「庄太郎を匿い、官吏に狼藉を働き、尋問を妨害するなど、トローンらが盗掘の犯人であるからこその所業であるのは明白。いかがでござる、まだ異を唱えられるか。それがしも、できれば事を穏便に収めたいと思うている。されど、かような侮蔑の体がなお続くようならば、流血の荒事も辞さず。当方もこの刀と我が命にかけて正義を糺す覚悟である」

小出のこの発言に、その場にいるすべての者の顔色が変わった。

幕府の重職者の言葉である。一介の町人や下っ端役人が言っているのとはわけが違う。場合によっては宣戦布告ととられかねない。

ワイスもハウルもトローンらの暴力行為を重く見たのか、小出の発言に対し売り言葉に買い言葉というふうにはならなかった。ワイスの顔が青ざめながら苦り切っているのを見ると、きっとトローンたちの軽率な行動にはらわたが煮えくり返っているのだろう。

「小出奉行、それではお互いにいい結末にはなりません」

悔しさに顔を歪ませているだけのワイスに成り代わる形でハウルが口を開いた。

「では、いかなるご所存でござるかな」

ハウルは一度ちらっとワイスを見た。

「嫌疑のかかる者を匿うというのは、確かに潔白な者のすることではない。奉行所が連れてきた新たな証人の証言もある。トローンら三人が盗掘を犯したというのは間違いないと思われます」

ハウルのこの発言にワイスは一瞬睨むようにハウルを見たが、渋面のままやがて俯き、「確かに、私もそう思う」と言った。

「であるならば、公使殿の指図を待たずとも、岡士殿の裁量で三人を罰することができるのでは？」

「奉行所の足軽衆に暴力をふるったことは私の権限で罰しよう。だが、盗掘に関しては裁判のすべてをすでに公使に預けているので、やはり無理だ」

ワイスは渋面を上げて小出を睨んだ。

「罪人も明らかになった。罪状も決まった。それでも罰せないとは甚だ理不尽」

「無理なものは無理だ」

　短い沈黙と緊迫が場を包む。

　奉行所の役人たちも領事側の人間も、庄太郎逃走の一件からいまだ熱が冷めず、控所近くで身構えたままである。

「ならば、当方官吏に乱暴を働き、ゆえなくして銃口を向けた廉で、トローン及びケミッシュを入牢に処していただきたい」

「そうはしたいが、箱館の領事館には牢にできるような施設がない」

「当方がトローンらを裁くことはできぬが、牢を貸すくらいのことは容易《たやす》いぞ」

　ワイスは一瞬舌打ちしそうな顔になった。

「牢に入れることはできないが、禁足させよう」

「当方を侮るようなこれまでの振る舞いの数々、和親国に対するものとは思えぬ。その中で岡士殿が禁足と言ったところで、それが確実に履行されるかは甚だ心もとない。大英帝国が誠に法治国家であるというのなら、トローンらの目に余る勝手な行動を断罪し、遺漏なく禁足にしてもらいたい」

「わかった、彼らを部屋に軟禁しよう」ワイスはほつれ毛を震わせながら言った。

鈴木の通訳を聞いた小出は表情を緩めることなく頷いた。

「なれば、三人の罪状を認めた貴国の誠実さをもって、速やかにアイヌらの骨を返していただこう」

黙り込んだワイスにハウルが何か囁いた。

ワイスは忌々しげな表情でハウルに二、三言文句のようなのものを言ってから、

「わかった。パークス公使に報告が済み次第、返還するように努めよう」と絞り出し、最後につぶやくように何か言葉を吐き出した。

「なんと申した？」小出が通弁の鈴木に訊いた。

「こんな恥辱を受けたのは初めてだ、と」

小出はほほ笑みながらイカシバに目をやった。

「父親の骨は取り戻す。わしは嘘をつかん」

折原林之丞　2

―慶応元（一八六五）年十一月九日―

雪をまとった山肌に、葉の落ち切った木々が身を寄せ合って生えている。そんな臥牛山の冬化粧が鉛色の海によく馴染み、寒さを助長する。箱館湾をぐるりと取り巻く渡島の陸地も白と黒に彩られ、さながら墨絵のようだった。

十一月九日、裁判の行われた十一月六日よりはやや暖かな日となったが、それでも冬の寒さは続いていた。

折原林之丞と手嶋巌《てじまいわお》は運上所の詰所で橋本悌蔵の帰りを待っていた。

橋本がロシア領事館に向かってから半刻は経っている。あまり物々しくなっても差し障りがあるので、さすがに鉢巻を巻いたり、襷《たすき》を結んだりということはしないが、寒さ対策も兼ねて袷の御用羽織を纏い、念のため鎖帷子《くさりかたびら》を着込んだ。橋本がロシア領事から許しをもらってきたらすぐにでも出動できる態勢は整っている。

陽はすっかり落ち、すでに夕餉を済ませた家もあるだろう。本来下手人を捕縛するのであれば、寝込みを襲うのが一番だ。しかし、立ち入る場所は病院で、入院患者も相当数いるという。しかも外国が運営する病院なので、被疑者捕縛のためとはいえ、あまり無体なことはできない。立ち入るなら、一日の仕事が終わって寝入るまでの、ほっとしているこの間が適宜といえる。だから橋本の帰りがこれ以上遅くなると、今日中に庄太郎を捕縛するのは難しいかもしれない。

六日の裁判が終了する間際、小出は、領事館に逃げ込んだ庄太郎の身柄を引き渡すようワイスらに要求した。ワイスはこれを承知して領事館に戻ったが、まもなくイギリス側から「庄太郎が行方をくらまし、骨の在り処もわからない」と連絡が入った。そもそも、庄太郎が単独で奉行所の網をかいくぐり行方をくらますなど無理な話だった。領事館側が匿っているのは明白だった。

翌七日、小出は、今回の一連の盗掘事件に関するイギリス側のやり方に対して抗議文書を送った。あわせてトローンらへの科刑、および遺骨の早期返還、庄太郎の身柄引き渡しを再度求めた。一方で、組頭勤方の橋本悌蔵を筆頭に、徒目付折原林之丞管轄の町方掛に庄太郎の探索を命じた。領事館側がしらを切り、外国人容疑者も尋問できない以上、奉行所としては、庄太郎から盗掘の経緯と人骨の隠し場所を聞きだすしかなかった。

十一月八日、町方掛は庄太郎がロシア病院に潜伏していることを突き止めた。ロシア病院は、ロシア人以外の外国人や日本人もが診察を受けられる、ほぼ公の施設だったが、設置、運営はやはりロシアによってなされていたので、探索にはロシア領事館の許可が必要だった。在日本の外国施設にはいろいろと制約が多く、また列強は、友好度合いに温度差はありながらも対日政策においては足並みを揃えていた。しかもロシアと幕府とは、日本北方、特に樺太での長年にわたる国境問題で因縁がある。

北方情勢に関心を注いでいた老中田沼意次《たぬまおきつぐ》が失脚し、松平定信が執政していたあいだ、幕府は北方情勢にほとんど関心を示さなかった。幕府が再び蝦夷地防備を強く意識したのは、寛政五（一七九三）年、ロシア帝国軍人アダム・ラクスマンがエカテリーナ号を操って根室、箱館に来航したのがきっかけだった。寛政十一（一七九九）年には東蝦夷地が幕府直轄となり、享和二（一八〇二）年には箱館に蝦夷奉行が置かれ、文化四（一八〇七）年、蝦夷全土が幕府により上知《あげち》された。このとき松前藩は陸奥国梁川《やながわ》に転封される。松前藩は蝦夷地経営の権益回復を目指し、時の実力者、老中水野忠成《みずのただあきら》や、一橋家へ贈賄攻勢をかける。これが功を奏してか、一時期松前藩は蝦夷地に復すが、黒船の来航により幕府は箱館奉行を設置、箱館から五里四方を直轄とした。その後、安政二年（一八五五）二月、箱館開港に合わせて、松前藩領の渡島半島南西部を除く蝦夷地全域を幕府は再び直轄とし、仙台、南部、津軽、秋田の東北四藩に割地のうえ勤番警護を命じるに至った。そのような北方情勢の変遷がある中で、この年慶応元年（一八六五年）の七月、樺太の久春内《くしゅんない》に一〇〇人超のロシア兵が上陸し大砲二門を据えるという事件が起こった。このとき小出大和守はロシア領事に厳重な抗議を行った。

ロシアとのそんな経緯《いきさつ》を、折原はじめ箱館奉行所の役人はよく知っていた。それゆえ庄太郎がロシア病院に潜伏しているという一報を得たとき、折原は〈捕縛するのは困難かもしれない〉と思った。

町方掛が庄太郎の居所を突き止めた八日のその日に、小出は亀田御役所からロシア領事館へ馬を駆り、ロシア領事エフゲニー・ビュッツォフに面談した。ロシア領事館側は、犯罪と国境紛争は別問題として、内々に奉行所に協力することを約束した。各国領事の中には、当初からイギリス寄りだったポルトガル領事ハウルとは違い、アメリカ領事ライスやロシア領事ビュッツォフのように、あくまでも中立的立場で事件の推移を観察する者がいた。特に、ロシア領事館に併設された正教会聖堂で司祭を務めるニコライ・カサートキンなどは、人骨盗掘という行為を忌み嫌ったという。

協力の約束は取り付けたが、捕り物が行われるのはロシア人以外も多く集う病院内になるので、庄太郎の捕縛は手抜かりのない態勢を整えるため翌日の九日ということになった。ビュッツォフはそれまでの間にそれとなく病院を視察しつつ、探索の許可証を作っておくと言い、いま、小出の書状を携えた橋本悌蔵がロシア領事館にその探索許可をもらいに行っている。

相手は庄太郎一人、奉行所の役人相手に無茶をするとは思えないが、万が一を考えれば、捕り方は多い方が無難だ。ただ、場所は病院である。大人数で乗り込むというわけにもいかない。結果、捕り方は折原と手嶋の二人になった。手嶋巌はもともと小出大和守の家臣だが、小出の箱館奉行就任にあたり、共にこの蝦夷地へ下向し、奉行所のお雇いとなった。直心影流の遣い手である。

「お帰り召されませ」

門衛の声が聞こえた。きっと橋本が帰ってきたのだ。

橋本が詰所に顔を出し、

「探索の許可が下りた。庄太郎は病院の宿所におる。ただ、イギリス岡士の要望で、やつは異人宿所にて異人と同宿しているということだ。くれぐれも遺漏なきようにな」と口早に言って、ビュッツォフの許可署名が入った書付を渡した。

「御意」と言って折原は手嶋に頷いて見せた。

手嶋が頷き返すや、二人は表へ駆け出た。

ロシア病院はロシア領事館の敷地内にある。本当なら、橋本とともにロシア領事館に行き、許可が下り次第そのまま病院に踏み込めば手間も時間も省けたが、幕吏三人が揃って領事館内に入るところをイギリス側に協力的な何者かに見られ、庄太郎捕縛を気取られでもしたら失策である。橋本一人がロシア領事館に入り長居したところで、通常の巡察と違和感はない。万全を期した術策である。

折原と手嶋はイギリス領事館前の道を避け、まず海沿いを東に走った。陽もすっかり落ち切っているので、道行く者もほとんどない。酒屋の前を通ると、角打《かくう》ちする漁師らしき男ら数人が、何事かと酔眼を送る程度だ。あまり目立っても塩梅が良くないから御用提灯は持っていないが、雪明りで道を過つことはない。

八幡坂口を通り過ぎ、大三坂を右に曲がり、急な坂路を大工町に向かって駆け上る。この辺りは仙台藩、秋田藩、南部藩などの屋敷が連なり閑静で、いよいよ人気《ひとけ》はない。坂を上りきったところ、昼間であれば箱館市中を一望できる見晴らしのよい場所に、ロシア病院はある。

病院の十間ほど手前で折原は歩を緩め上がった息を調えた。振り返って手嶋を確認すると、息は乱れていない。もともと自分より若くはあるが、手嶋の鍛え方に折原は頼もしさを覚えた。

すでに柵は閉ざされていた。柵内のロシア領事館員に来訪を告げ書付を見せると、領事館員は人一人がすり抜けられる幅だけ柵を開けた。その隙間から折原と手嶋はするりと中へ入り、領事館員の後についていく。

長屋のような建物の前で、その領事館員が長屋の左端に手刀を定め、その手刀を右に移動させながら三回振り下ろし、最後に指を三本立てた。庄太郎は左から三番目の部屋にいるらしい。折原と手嶋はするすると移動し、その扉の前に立った。扉に耳を近づけると、話し声は聞こえないが中に人のいる気配がする。

折原は手嶋と頷き合い、淀みなく扉を開いた。

中にいた洋装和人が驚く間もなく、折原が言う。

「奉行所の御用である。イギリス岡士館小使、庄太郎、アイヌ人骨盗掘幇助、並びに十一月六日の裁断途中に逃亡した廉で、奉行所へ引っ立てる」

庄太郎は顔をこわばらせたまま動こうとはしなかった。ただ、部屋内にはもう一人いた。折原が横目でちらっと確認したその男は、長身で一見気の弱そうな若い外国人だった。それがホワイトリーとわかるまでさして時間はかからなかった。ホワイトリーは庄太郎よりも表情豊かに驚いていた。

確か小出は、トローン、ケミッシュの他に、ホワイトリーも軟禁するようワイスに申し立てていたが、ワイスは「承知したが、ロシア病院勤務なのでちょっと待ってほしい」などと言って曖昧なままになっていた。

こわばっていた庄太郎の顔は徐々に緩んでいき、それとともに肩も落ちていった。

〈観念したようだな〉と、折原が思った刹那、ホワイトリーが、

「Get out!!（出て行け！）」と叫んで、近くにある西洋机の引き出しを開け、短銃を取り出した。

「Run away, Shotaro!（逃げろ、庄太郎！）」

銃口はまだ下を向いているが、ホワイトリーは両手で拳銃を握り、引き金に右人差し指を掛けていた。

再び庄太郎の顔はこわばり、全身に力が入っていくのがわかった。しかし、逃げようという素振りは見えなかった。

「やめい、ホワイトリー。これ以上罪を犯すな」

折原の言葉が理解できているかどうかわからないが、ホワイトリーは小刻みに首を横に振った。

銃口は折原の立つ手前床板の方へ向いていたが、徐々に上がる気配を見せていた。しかも、

ホワイトリーの手は震えていて、いつ間違って引き金が引かれるかわからなかった。

と、手嶋が、すっ、と折原の前に出た。

「ご安心ください。撃たせはしません」

「傷つけてはならんぞ」

「承知」

折原と短くやりとりした手嶋は、ホワイトリーの警戒範囲と思われるぎりぎりまで進んだ。

それは、ホワイトリーの銃口がぴくっと動き、水平に向かって角度を上げたことでわかった。

手嶋はどこを見ているかわからないような半眼を据え、しばらくホワイトリーと対峙した。

威圧するでもなく懐柔するでもない、どこかふわっとした感じである。こうなってくると、何かのきっかけが欲しい相手は、どう対処していいかわからなくなる。そこに隙が生まれる。

ホワイトリーの震えがやや収まってきて、銃口が少し下がったように見えた。

手嶋が右足を大きく踏み出したときには、すでに刀は鞘から抜き放たれ、切っ先はホワイトリーの警戒範囲の奥深くに達していた。

折原以外、当のホワイトリーですら、両腕の手首が切り落とされたと思っただろう。

手嶋の抜き打ちが途中で峰側に翻り、しかも当たる刹那に打力を抑えたのが、折原には見えた。

手嶋は刀でホワイトリーの両腕を抑え込んだまま懐に入り、いつの間にか抜いた脇差をホワイトリーの首筋に当てていた。

「短銃を捨てろ」

手嶋の言葉がなんとなく理解できたのか、それとも腕がしびれたか、恐怖のためか、ホワイトリーは銃を落とした。

素早く銃を拾い上げる折原に、

「いかがいたしますか」と、手嶋はホワイトリーの喉笛に刃をあてたまま訊いた。

「もうよい」

折原の言葉に、手嶋は大小をすっと引き、もといた場所まで退がってから鞘に納めた。

真っ青な顔に冷や汗を浮かべ呆然と立ち尽くしていたホワイトリーは、刀が鞘に収まった音と同時に、床に膝を突き項垂《うなだ》れた。

「こやつも引っ立てますか?」手嶋が訊く。

銃口はついぞ折原たちの正面に向けられることはなかったが、鉄砲を持ち出し、官吏に対して抵抗したのは、トローンやケミッシュと同罪である。ただ、こちらに裁判権がないのは右に等しい。引っ立てようとして暴れられても武力での応酬は難しい。正当防衛の理屈は使えない。

「いや、我らがこやつらを引っ立てることはできぬ。御奉行に次第を申し上げ、イギリス岡士より罰してもらうより仕方ない」

言いながら、折原は手に持っている回転式短銃をどうしようかと眺めた。何連式かははっきりしないが、見えている穴には弾が入っていない。回転部分を動かしてみたら全ての穴が空だった。

折原は短銃を扉近くの作り付けの棚に置き、

「まあ、我らの役目は庄太郎を捕縛することであるからのう、互いに怪我さえなければ、わざわざ事を荒立てる必要はないかもしれん」と言ってから、立ちすくむ庄太郎に目を遣り、

「来い、庄太郎。神妙にしておれよ」と、すでに神妙な顔になっている庄太郎に言った。

イカシバ　6

―慶応元（一八六五）年十一月二十四日―

「和人《シャモ》の奉行は本当に信用できるのか」

リキノはいつもより多くの薪を囲炉裏《アペオイ》にくべながらイカシバに言った。

十一月二十四日、霜月も終わりに差し掛かる早朝ともなれば寒さも募る。囲炉裏に宿る火の神《アペフチカムイ》に力を注いでやらなければ人間は凍える。ましてここは山の中だった。

イカシバは、コタンの者たちが避難している山に登り、箱館からの報せが未だ無いことをイナワニらに告げたあと、リキノの仮住まいに立ち寄っていた。音信の無いことを告げに来るという虚しい使いが、ここのところのイカシバの日課のようになっている。

リキノが疑うのも無理はない。

逃げた庄太郎を十一月九日に捕えた、と箱館奉行所から報せが来たのは十一日のことだった。

それから半月近く、奉行所からは何の音沙汰もない。盗まれた骨が見つかったのか、戻ってきたのか、コタンの者にとって一番大事なことが何ひとつわからなかった。落部アイヌを大いに沸かせた、小出の迅速で執拗なイギリスへの対応がまるで嘘だったかのように音信が途絶えた。

「大丈夫だ。小出奉行はやってくれる」

運上所足軽の田中の言葉を思い出しながら、自分に言い聞かせるようにイカシバは言った。

「そうか」と言ったわりには、リキノの表情に納得の色はなかった。イカシバは小出に出会う前の自分の面付《つら》きを見たような気がした。

小出は、父ペンケイの骨を必ず取り返すと約束してくれた。イカシバはそれを信じている。いや、信じようとしている。だが、骨のことはイカシバが信じていればそれでいいという話ではない。あと二日で最後の音信からちょうど半月になる。それまでに何の便りもなければ、やはり箱館へ誰かやった方がいいのかもしれない。

「オレが小出奉行に会って直接聞いて来る」

イカシバは立ち上がった。もう一度イナワニのところへ戻って箱館へ行く許可をもらおうと思った。

「まあ、慌てるな」リキノがイカシバに座るよう促す。「箱館に行って何かが変わるようなら、とっくの前に向こうから指図が来て、誰かが行ってるだろう」

リキノの言うとおりだ。我々ではどうにもならないから小出を頼んだのだ。それからは我々の証言や助力が必要な時に、その都度小出が指示してくれている。

イカシバは冷静さを失っていた。同胞が小出に不信感を抱き始めているのではないかという心配と、自分だけは小出を信じなければという焦りが、イカシバの思考を乱した。

イカシバは腰を下ろした。

「おまえが信用できるというのだから、待とうではないか」

リキノはいくぶん表情を緩めて言った。

イカシバは特に返事もせず、囲炉裏の火を見つめる。

「あら、チハさん、どうしたの？　旦那《ホクフ》さん、来てるわよ」

水を汲みに行っていたリキノの妻のそんな声が屋外から聞こえた。

「チハだと？」

リキノがそう言ってイカシバを見た。

用事が済んだらすぐに戻ってくるとチハに言いおき、イカシバは未明に家《チセ》を出てきた。だからチハはコタンにいるはずである。イカシバはリキノの妻の言っている意味がよくわからなかった。

「やっぱり兄《ユポ》のところにいた」と、少し息を弾ませてチハが屋内に入ってきたのは、リキノの妻の声が聞こえて間もなくのことだった。

「チハ、どうしたのだ?」

「あなたが出て行ったあと、日が昇ってから平次郎さんが来たの。今日の昼頃、奉行所の橋本様がコタンに来るんですって。昨日の夜遅くに先触れが知らせに来たらしいのよ。大事な話らしいから、エカシたちも会所に集まってほしいって」

イカシバとリキノは互いを見合った。

動いた。事態が動く。大事な話というのは、良いことなのか悪いことなのかはっきりしないが、とにかく何らかの結論を橋本悌蔵がもたらすのだろう。

「ありがとう、チハ、助かった。コタンコロクルとエカシたちのところへ行こう」

イカシバは再び立ち上がり、チハとともにリキノの家を後にした。

イタキサン、トリキサンとともに同行を許されたイカシバは、チハを家に帰し、エカシたちの集会に臨んだのち、イナワニらとともに和人集落の会所へ向かった。

イカシバたちが着いた時には、橋本はすでに到着していた。

村役人に促されるままに会所の広間へ入ると、橋本と平次郎が囲炉裏を囲んで座っていた。

イナワニが待たせたことを詫びると、

「なに、わしも先ほど着いたばかりじゃ。思いのほか天気が良かったゆえ早めに着いた」と、橋本は機嫌よさそうに言った。

悪い知らせではなさそうだとイカシバは思った。

寒い季節でもあるし、このまま囲炉裏端で話そう、と橋本が言って座が少し改まると、平次郎が口を開いた。

「盗まれた骨が返ってきたということだ」

イカシバら皆が橋本の顔を見る。

橋本は笑みを浮かべて頷いた。

奉行所に訴え出てからちょうど一ヶ月。一ヶ月前は正直無理だと思っていた。相手は、幕府を無理やり開国させたアメリカに肩を並べ、かの清国を破ったイギリスである。弱肉強食の国際社会を顧みるまでもなく、強いものに従わざるを得ないことを、イカシバたちは歴史の上で体感してきたのだ。しかし、それでも、祖霊をないがしろにはできない。アイヌと同じ立場に立たされた和人を心のどこかで嘲笑いつつも、和人に頼るしかなかった。きっと無理だろうと思っていても奉行所に訴え出るしかなかった。苦渋と優越と諦めの入り混じった複雑な思いがイカシバを絡めとっていた。だが、箱館奉行小出大和守は、そんなイカシバの困惑を全く意に介さなかった。小出はひたすら正義を唱え、法に則り、刀を抜くことなく、銃砲を使うことなく、列強最大の国イギリスに勝った。

「遺骨は今は運上所に留めてある。後日、イギリス岡士の支弁にて、こちらへ運んでくる手筈となった」

そう言って橋本は、遺骨が運上所に帰ってきたときの詳細を教えてくれた。

庄太郎が奉行所に捕えられたのを知ったイギリス領事側は、十一月十一日、庄太郎に罪はないので釈放してやって欲しいと言ってきた。しかも、釈放してくれたら骨の隠し場所の捜査に協力するという条件まで提示してきた。明らかに司法取引だった。

これに対し小出は次のように返答した。

「貴国が我が国民を憐れんでくれるのは心から感謝する。しかし、法は法である。我が国法では、庄太郎には罪状がある。どのような交換条件を持ち掛けられようと、罪を見逃すことはできぬ。罪人を憐れむくらいなら、むしろ、なんの罪もないのに先祖の墓を暴かれ、家族の骨を盗まれたアイヌたちにこそ心を寄せてほしい。彼らの悲しみを思えば、遺骨の返還がすべてに優先されるのはわかるはずだ」

これを受け、イギリス側が何かの協議に入ったのか、痛いところを突かれてへそを曲げたのか、以後しばらく返信が途絶え、十一月十五日には西洋歴の元旦となった。

西洋正月の松の内が明けた十一月二十二日、小出は、イギリス領事ワイスと書記官のロベルソンを運上所へ呼び出し、橋本以下六名の幕吏立ち会いのもと、「いつになったら遺骨を返すのだ」と迫った。

ワイスは、返したいが在り処がわからない、と言い逃れをした。

小出はこれまでにないほど険しい表情で言った。

「庄太郎らを放免すれば骨の所在を教えると言っておきながら、在り処がわからないとはいかなることか。イギリスとは、かように詭弁を弄する国なのか。先般、貴殿は、こんな恥辱を受けたことはないと申したが、我が国が無法な恥辱を与えたわけではなく、貴殿らが恥辱を受けるような行為を自ら犯したのである。和親国の人民の墓を暴くという非道に加え、当方を後進国と侮り、おざなりな言い繕いに終始した。これを恥ずべきことと言わずして何と言おうか。されば、世界中の晒し者になる前に、すみやかに骨を返してもらおう。こちらではおよその在り処をすでに探索しているぞ」

ワイスは身を震わせ、血の滲むほどに唇を噛みながらも、遺骨を返したら庄太郎ら小使の罪を軽くしてくれるか、と重ねて問うてきた。ワイスが初めて見せた保身ではないその態度に感じ入ったものがあったのか、小出は「考えよう」と応じた。そしてその日の夜、遺骨が運上所へ運ばれてきたのだった。

今回の一連の事件の重要な証拠でもあるので、現在、検証と書類作成のため、骨は運上所に留め置かれているが、今日明日のうちに落部村へ戻ってくるだろう、と橋本は改めてイナワニに説明した。

「御奉行様にお礼の挨拶に参らねばなりませぬ」

イナワニは何かを掲げるように手のひらを上に向け、カムイを崇《あが》める時の形をとりつつ言った。

「いや、それには及ばぬ」橋本が言う。「御奉行におかれては、トローンら三人の仕置きとそなたらへの償いを、引き続きイギリス岡士に談じ込んでいる最中だ。加えて、森村の一件はこれから本筋の談判に入る。まだすべてが収まったわけではない。そのため、礼には及ばず、ということだ」

橋本によれば、本日十一月二十四日も、小出は組頭勤方山村惣三郎以下四名の者とともに、ワイス、ロベルソンらを相手に談判しているという。そのうえ大胆にも、領事さらには公使をも糾弾しようとの腹積もりらしいのだ。

小出が見るに、これら事件にかかわる一連のことは、犯人と領事らの結託が大前提だった。領事が直接手を下さないまでもこれを黙認し、さらには公使が認可しなければ、骨を日本国外に持ち出すことはできないのである。この事実をもって小出は、外国事務取扱老中松平《まつだいら》周防守康英《すおうのかみやすひで》へ、英国処断に関する上申書提出の準備も考えているのだという。

「まったく、うちの御奉行には驚かされる」

橋本は珍しく砕けた表情で言った。

中央では開国政策に伴い、幕府内部の派閥抗争、薩長ら雄藩の台頭と朝廷内部や雄藩内部過激派の跳梁など、多発する時局問題が、崩れ落ちる危険性を孕みながら積み上がっている。そんな中でも小出は、己が信じる政道をかたくなまでに踏み外さなかった。

「おぬしらが納得いく償いも、必ず分捕ってやると申されておったよ」言いながら橋本は苦笑いした。

平次郎は愛想笑いし、イナワニは祖霊に祈りを捧げ、イタキサンとトリキサンは嬉しそうに笑みを浮かべていた。

イカシバは口を真一文字に結び、ただひたすらに平伏し続けた。

イカシバ　7

―慶応二（一八六六）年三月上旬―

森村で起こったもう一つの人骨盗掘事件は、盗掘の発覚が遅れ、遺骨がすでにイギリス本国へ送り出されてしまっていたため、落部村の一件のようにはいかなかった。しかも、領事館側はイギリスに移送された事実を隠し、「腐敗臭がひどいので海中に投棄してしまった」と虚言に及んだことから、話し合いは揉めに揉めた。

結局イギリス側が全面的に非を認め、領事ワイスは更迭、新任領事のエイブル・H・ガウルが責任をもって、英国に移出してしまった人骨を返還することとなった。加えて、トローンら三名の罪科も確定し、アイヌ民族への慰謝料の額もおおむねのところで落ち着いた。ただ、森村の遺骨が英国から戻ってくるまで、なお数か月を要することとなった。

これら落部村と森村で起こったアイヌ人骨盗難事件に関する裁判が続いているさなか、幕府は小出に対し、樺太の巡検及びニコラエフスクにおける国境画定交渉の大役を命じた。小出は箱館奉行を離任することになった。

小出は蝦夷地を預かる箱館奉行として、ロシアの南進に注意を払ってきた。実際、国境の画定が遅れていた樺太においては、北蝦夷地詰役よりロシア兵の活発化が頻繁に報告されていたのである。

樺太国境に関心の薄かった幕府に対し、早急な国境画定の必要性を小出は再三にわたり建白した。

小出の執拗な主張で重い腰を上げた幕府は、ロシア事情に詳しい小出を中心にした交渉団を、樺太へ派遣することにしたのだった。

しかし、小出がこの大役を命じられた直後、樺太久春内において、箱館奉行配下北蝦夷地詰定役水上重太夫《みずかみじゅうだゆう》以下幕吏八名が、ミンチュク中尉率いるロシア兵部隊と乱闘になり、拘禁されるという事件が起こった。慶応二（一八六六）年二月二十三日のことである。

幕吏の拘禁取り扱いも含め、この事件に危機感を募らせた小出は、日本におけるロシア唯一の外交窓口である箱館ロシア領事館で、領事ビュッツォフと会見した。このとき、ロシア側国境交渉吏員がすでに樺太のニコラエフスクにはいないことを知らされる。国境画定交渉をするには本国首都サンクトペテルブルグに行かなければならなかったのである。

小出に対する幕命は、小出の後任奉行が着任し次第、そのまま樺太巡検に出発し、ニコラエフスクでロシア官吏と交渉に及び、そののち江戸に帰参せよ、というものだった。しかし、相手国の交渉官が樺太にいないのでは行っても意味がない。この上はいったん江戸へ戻り、幕閣に上申し、ロシア本国へ派遣してもらうしかない。だがすでに、次期箱館奉行杉浦兵庫頭誠《すぎうらひょうごのかみまこと》は、小出への命令書を携えて北上してきていた。いったん江戸へ戻るということは、この命令に背くことになる。小出は命を賭して江戸に帰参することを決意した。

小出の箱館出立は後任の杉浦に引継ぎを終えてすぐ、四月初旬ということになった。

イカシバは小出に会いたかった。

先年十一月末、橋本悌蔵が遺骨返還を報せに落部へ来たとき、小出の意向もあって、御礼の挨拶に行くのは控えた。

帰ってきた十三名の先祖たちの慰霊祭《イチャルパ》も済ませ、冬の終わりが近づき忙しくなるにつれ、生活はそれまでの日常を取り戻し、箱館に出る暇もなくなった。だが、コタンコロクルのイナワニは「挨拶に行かないのは礼を失する」と気に病み、イカシバもそれは常に頭にあった。

そこへ小出離任の報が舞い込んだ。

オトシベアイヌへの慰謝料の価額は確定していたが、イギリスからまだ支払われてはいない。小出の言を借りれば「まだ終わったわけではない」から礼を言われるには早い、ということになるのだろうけど、イカシバにはそんなものはどうでもよかった。イカシバが一時は諦めかけた遺骨返還を言葉通りに成し遂げ、オトシベにおける盗掘事件をほぼ落着させた小出である。けじめとして直接礼を言わなければならなかった。

〈いや、礼を言うためではない〉

イカシバはとにかく小出に会いたかった。会っておかねばならない。きっとこれが今生の別れになる。

イカシバは小出の離任前に挨拶に行くべきことをイナワニに進言した。

「行きたいのはやまやまだが、来るなと言っているものを行けば、ご勘気を被る」とイナワニは心配した。

そんなことで小出が怒るはずはないとイカシバは思う。

「それならば、挨拶に伺いたい旨を言上しにオレが使者に立ちましょう」

もし了承が得られれば、そのときはイタキサン、トリキサンを伴ってコタンコロクルが挨拶に行けばよい。

イナワニはイカシバのこの提案を良しとし、イカシバは箱館奉行所を訪れることとなった。

出立の日、旅装束に身を包んだイカシバにチハが言った。

「残念だわ。御奉行様に花飾りを作って差し上げたかったのに」

そういえば、小出が検分のため落部村を訪れたとき、江戸へ帰る折には餞に花飾りを作る、とチハは小出本人に言っていた。

江戸ではとっくに桜の花も散ってしまっているのだろうが、蝦夷地では春を迎えたばかりである。まだ野に花は咲いてない。それでもあと半月もしないうちに花の季節が来るだろう。

「そうか、機会があったら御奉行様に伝えておこう」

そんな話をする機会が作れるとも思わなかったが、イカシバがそう言うと、チハは「はい」と言ってほほ笑んだ。

もはや平地の雪は消えている。渡島の連山は残雪を薄着のように纏い、根開きの跡が春の訪れを告げていた。寒の戻りはあと何回かあるのだろうが、三月初めの快晴の空は、春の日差しで雪解けを進める。

イカシバは、平原のように凪いだ内浦湾を左に見ながら、うららかな陽の中を行く。送り出してくれたチハの笑顔が頭に浮かんだ。

コタンを発った日の翌日昼前、イカシバはおよそ四か月ぶりに亀田御役所の前に立った。

見覚えのある門番に挨拶し、来訪の趣旨を告げると、すぐに取り次いでくれた。

やがて喜多野省吾が現れ、「久しぶりだな、イカシバ」と懐かしそうに表情を緩めた。

「来訪の趣は聞いた」

喜多野は自らイカシバを奉行所へと案内してくれた。

奉行所奥の対面所へ誘導した喜多野は、「しばらく待っておれ」と言い置き部屋を出ていった。

思えば、ここから始まった。

あのときは他にすがる者もなく、敵《かたき》を頼る思いで小出が入座してくるのを待っていた。

〈あのときのオレは……〉

当たり前のことだが、人間は一人ひとり皆違う。和人にしても異人にしてもアイヌにしても、悪い人間もいれば良い人間もいる。それでもやはり和人は好きにはなれなかった。たとえ良い和人でも「和人」の枠を超えることはなく、超えないということは心の底から信用しなかったということだ。

今はどうだろう。小出に会うのを心待ちにしている自分がいる。たった四か月前のことなのに、自分の中のこの変化はいったい何なのだろうか。自分は何に縛られていたのだろうか。

イカシバは、床の間に架かる掛け軸の『汝等請務其本』の文字に目をやりながら、自分の心を懸命に探ろうとした。

「おう、イカシバ、久しいのう」

小出は喜多野などの供を連れず、一人で部屋に入ってきた。春らしい若草色の小袖を身に纏っている。嬉しそうにイカシバを迎えてくれたが、どこか疲れているような感じもする。人骨盗掘問題にロシア南進問題と、外国を相手に次から次と事件が起こったのだから無理もないだろう。

イカシバがひと通りの挨拶を済ませ、来訪の目的を告げようとすると、

「趣意は喜多野より聞いた」と小出が言う。「気持ちはありがたいがな、まだすべてが終ったわけではない。イギリスからの償いは未払いだし、森村の遺骨も戻っていない」

以前に橋本を遣わせて申し述べたとおりだから礼の挨拶など気にするな、と小出は言った。

「それにな、おぬしらが礼を言う筋合いのものではない。おぬしらは謝罪される側だ。イギリス人が頭を下げに来たときには、憮然とした顔で迎えてやればよい」小出は悪戯小僧のように笑って、「そのときのイギリス人の顔を拝みたかったのう」と言った。

〈そうだ、お奉行はあとひと月足らずでいなくなる〉

イカシバが急いで箱館へ出てきた理由は、イナワニらの挨拶の日取りを決めるためではなかった。イナワニには悪いが、そんなものは口実に過ぎない。小出に今生の別れを言いに来たのだ。

「北門の鎖鑰《さやく》としての御役目があるのでな、イギリス人の仏頂面を拝む前に、江戸へ行かねばならん。終わりまで見届けられず、おぬしらには申し訳ない」

小出はイカシバの心の内を察したかのようにそう言った。

イカシバは滅相もない、と言って頭を下げる。

〈別れの挨拶をしにきたのに、何を話せばいいのだ〉

イカシバは頭を下げながら、今までに経験したことがないほど、思考と感情がすり合っていかないことに困惑した。

「されど案ずることはない。新任の奉行、杉浦兵庫頭殿はなかなかの御仁だ。遺漏なく事を仕上げてくれるはず。こっちも凄腕だと聞く」と、小出は愉快そうに刀を振る真似をする。

「はあ……」

小出とは対照的に、イカシバの表情は冴えなかった。新しい箱館奉行がどんな男かは知らないが、小出がいなくなる事実に変わりはない。

　イカシバのパッとしない反応に、小出の表情から笑みが消えた。

「イカシバ、おぬしは和人が嫌いか？」

　イカシバは虚を突かれた。いきなりの問いに動揺した。応とも否とも答えられないまま、畳に目を落とした。

「おぬしが和人を憎んでいることは、初めて会ったときにわかった」

　確かにあのときの自分なら、こんな質問には間髪を入れずに「はい」と応じていたはずだ。だが今はなんとも答えられなかった。あの時の心境と同じでないのは確かだが、根っこのところでどうなのか自分でもわからない。もちろん小出は嫌いではない。だが、嫌いな和人もたくさんいる。

　イカシバは無言のまま畳を睨み続けた。

「先祖の代から酷い扱いを受けてきたのだからな、憎くて当然だ。ゆえに、わしら和人が嫌いでも一向に構わん。わしとてアイヌのために生きているわけではない」

　イカシバは目を上げて小出を見た。

小出の言葉がイカシバの耳に刺さった。

〈お奉行はアイヌに心を寄せてくれたわけではなかったのか?〉

初めて心の底から信用できる和人に出会えたと思っていた。和人の中にも気骨のある者がいて嬉しかった。

だが、どうやら自分だけが浮かれていたようだ。

そんなイカシバの様子に頓着することなく、小出は飄々として続けた。

「かといって、和人のために生きているのでもなく、異人のために生きているのでもない。人は、人のために生きるものだ。ゆえに、おぬしが和人嫌いでも、わしはかまわん。おぬしが人のために生きてくれるのであれば、それでよい」

〈オレは何を見ていたのか〉

小出の思いも、自分の気持ちすらもまるでわかっていなかった。

泣き、笑い、怒り、悲しみ、喜ぶ――この感情にあふれる生活が、そして、ささやかながらも幸せな日々が、独りきりでは成り立たないという当然の理《ことわり》をわかっていなかった。

心の中の何かがストンと落ちた。

「父の骨を取り戻していただき、ありがとうございました。この御恩、イカシバ、生涯忘れません。お奉行様もこの蝦夷地のことを、このアイヌモシリのことを、どうかいつまでも忘れないでください」

　イカシバは平伏した。そして、小出に自分たちのことを覚えておいて欲しいと心から願った。

「無論だ、忘れるものか。コタンの者にも、おぬしの妻女にもよろしく伝えてくれ」

「チハが、オレの妻が、御奉行様に花飾りを作って差し上げたかったと残念がっておりました」

　イカシバは照れ笑いしながら言った。

　正直、こんな話を小出にできるとは思っていなかった。

「さよう申しておったか。約束だったからのう」小出は穏やかな笑みを浮かべる。「されど、花飾りは確《しか》と受け取ったぞ。妻女に礼を言っておいてくれ」

　どういうことだろうか。チハが奉行所に来たことなどないし、そもそも、つい最近まで一面雪の原だったのだ。

「野にはまだ花は咲いておりませんが……」

　小出は何か勘違いをしているのだろう。

「いや、花なら咲いておる」

　イカシバは不思議な思いで小出を見る。

「ほれ、おぬしらの姿を見よ。蝦夷地には、厳しい冬でも枯れることのない花々が咲いておるではないか」

小出は満面の笑みで言った。

その笑顔に、イカシバは大輪の花を見た。

小出が世を去ったのは明治二（一八六九）年六月、イカシバがコタンコロクルになった翌年のことであった。ロシアとの国境画定が日本にとって不利な条件となったため、売国奴の烙印を押され、暗殺されたともいわれるが、定かではない。

有櫛力蔵　後編

—明治三十五（一九〇二）年二月中旬—

現在位置は駒込川沿いの最深部に近く、捜索隊は今まで誰も踏み込んだことはない。吠え方から察するに、犬たちは何かの遺物を感知し走り出したことは間違いなかった。場所もそれほど遠くはないようだ。おそらく、もう少し行けば、犬たちの示す目標に到達できるだろう。

だが、風雪はいよいよ鋭くなっていく。

有櫛力蔵は弁解凧次郎の影を見失わないよう目を凝らす。

アイヌでもこの雪嵐の中を独り取りこされれば命の保証はない。

雪中行軍隊が遭難してから半月以上が経っている。生存者が発見されることは九分九厘望めない。だが、凧次郎の言うように、こういう荒れ狂うときにこそカムイはしばしば悪戯をするものだ。だとすれば、一厘の可能性は否定できない。

力蔵はもう一度キタキツネの頭骨《チロンヌプ》に手を当てた。と、白い世界の向こうから、放たれた犬たちがけたたましく吠えるのが聞こえた。

力蔵が凧次郎に追いつくと、崖のような急坂が足元から白い闇に向かって落ち込んでいるのが見えた。

この崖下に人間がなんらかの状態で置かれているに違いない。

「近いぞ」凧次郎が振り向く。「リキノはここで和人を引き連れて戻ってくれ」

明治政府に和名を与えられてから、民族の名をかたくなに口にしなかった凧次郎が、力蔵を昔の名前で呼んだ。

「馬鹿なことを言うな！　何を考えている」

「この下に降りたら、這い上がってこられるかわからない」

凧次郎の雪まみれになった顔の、その眼だけが熱を帯びていた。

〈こういうところは昔と変わらんな〉と、こんな非常事態に少し愉快な気分になった自分に力蔵は驚いた。

「わかった、和人は哨所《しょうしょ》に帰そう。だが、それは俺の役目ではない。勇吉にやってもらう。いいな？」

勇吉は確かに強い。膂力もある。だが、心の臓に病を抱えている。それを森村の医師、村岡格が定期的に診に来てくれているのだ。

力蔵は勇吉を返してやりたかった。将来のコタンの長たる勇吉が生きていさえすればよかった。

「リキノも戻れ」

「二度と言うな！　イカシバ！」力蔵は思わず、コタンコロクルを昔の名前で呼び捨てにした。「お前と俺は昔からどんな時も一緒だ！　それにな、俺はお前を生きて返さねばならん。お前が死ねば俺の妹が悲しむ。チハがお前の帰りを待っている」

凧次郎は何も言わなかった。黙ったまましばらく力蔵の顔を見つめていた。そして、崖の下を覗き込んで言った。

「では、行くか」

凧次郎《イカシバ》と力蔵《リキノ》、そして勇吉を除くアイヌらは、山杖《エキムネクワ》を巧みに使い、滑るように崖を降りた。

底へ着くと、鼻の頭を雪に突っ込んで一つ所に群れる犬たちの姿がかすかに見えた。

犬が鼻面を突っ込んでいるあたりに集まり、皆でゆっくりと山杖を突き刺す。地面までの積雪と、深度による雪の硬さは突き刺した感覚で大体わかる。棒の先にそれ以外の抵抗を感じれば、そこに何か異物があるということだ。

「エカシ！」

板切是松《いたぎりこれまつ》が山杖を刺したまま凧次郎を呼ぶ。

「どうした、オカホ」

近くにいた力蔵が、刺さったままの是松《オカホ》の山杖を握って感触を確かめる。

〈これは、人だ〉

是松を中心にして皆が集まってきた。

「よし、ゆっくり掘るんだ」

背嚢から雪掻きをはずし、白雪を掻いてゆく。

表層は鼻息でも飛ぶような粉雪に覆われている。降雪がなくとも風さえつけば地吹雪になる雪だ。その下は、二、三日前に積った、やや圧縮された雪。それを掘り進んだあたりに硬い雪の層があった。

〈この下か〉

十日より前に積った雪の層であることがわかる。その下に埋もれているのであれば生存は不可能だ。だが、力蔵に失望感はない。青森に着いてからずっと、遺体を掘り出すことが仕事だと思っている。

〈やはりカムイの悪戯はなかったか〉

「銃だ」誰かが言った。

皇軍の兵士一人ひとりが下賜されているという銃の口が、虚しく上を向いている。

雪掻きを放り、手で掘り進む。外気にさらされた銃身は凍りつき、手袋にひっついた。

「いたぞ！」

背嚢と、外套の肩口が見えた。

雪を押し広げ、傷つけないよう丁寧に形をあらわにしていく。

やがて、若い男の顔が見えてくる。

全身が現われたときには、大きな穴になっていた。完全に凍っている手や足を無理に動かそうとすれば、もげとれてしまうかもしれない。だが、難しい作業でもない。いつもどおり扱えばいいことだ。

力蔵は手際よく指示を出す。

「イカシバ、とりあえずいったん引き揚げよう」

作業の進捗を見ながら力蔵が言う。

凧次郎は若者を見つめたまま何も言わない。

力蔵も若者に目を遣る。

眠っていると言われれば信じてしまうほど、安らかな死に顔をしている。

「助けられなかった」

凧次郎の、つららのようになった口髭が動く。

「やむを得ん。こんな天気のなか、幾日も雪の中にいたんだ。生き抜くのはどだい無理な話だ」

「リキノぉぉぉ！　オレは助けられなかった！　人を救うことができなかったぁぁぁぁ！」

天を仰ぎ見る凧次郎の姿に皆が驚いた。

その姿は、カムイを公然と非難し、戦いを挑んでいるように見えた。

力蔵は凧次郎の肩に手を置いた。そしてその昔イカシバから聞いた、小出大和守の言葉を思い出した。

〈人のために生きてくれるのであれば、それでよい〉

イカシバ、あのシサムはそれでよいと言ってくれている。

了

あとがき

不破　裕

　この国が心底イヤになった時期があった。父と私が重役をやっていた同族会社が倒産する前後のことだ。世は小泉改革に熱狂し、公共事業で飯を食っていたうちみたいな中小企業がバタバタと倒れはじめていた。私は自らの努力不足を棚に上げ、倒産する可能性のない職場で形ばかり気にする役人を逆恨みし、理想ばかり語って何もせずカネ集めに執心する政治家を心の中で呪った。会社倒産後は沖縄の小さな島に引きこもり、〈勝手にやればいい〉というスタンスを決め込んだ。政権がひっくり返り野党と与党が入れ替わるたびに、「ざまぁ見ろ」とせせら笑った。日本の政治を諦めきっていた。

　他者を蔑むほどに気持ちの余裕ができたからだったのか、それともそんな気持ちの反動からだったのか、南国の孤島にあって、弁開凧次郎というかつて厳寒に息づいた偉人を頭に思い描く機会が多くなっていた。

　弁開凧次郎ことアイヌ名・イカシバは、一八四七（弘化四）年、オトシベコタン（現在の八雲町落部）に生まれた。一九〇二（明治三十五）年に八甲田山系で発生した陸軍第八師団歩兵第五

連隊雪中行軍遭難事件の際、陸軍の要請を受け、コタンの仲間とともに津軽海峡を渡り、遭難者の捜索活動に従事した。新田次郎の小説『八甲田山死の彷徨』の巻末にもわずかだが触れられており、北海道八雲町の地元では著名な人だ。

陸軍からの捜索要請に公平無私の態度で臨んだか、唯々諾々として従ったか、そのあたりは伝聞によるわずかな文書が残るだけで、もはや真実を知ることはできないが、弁開凧次郎ら七名のアイヌと北海道犬数頭が捜索活動に参加し活躍したことは、青森歩兵第五連隊の正式記録『遭難始末』に記されているので間違いない。蒸し暑い南島の赤瓦屋根の家屋の中で、屋根裏に組みあがったイヌマキの丸太を睨みながら、遭難者を求め猛吹雪の中を黙々と歩く凧次郎さんの姿を、私は独り寝の夜によく夢想したものだった。

全てに投げやりになる自分と、凧次郎さんの背中を見つめる自分——島に渡った当初、激しく相克していたこれら内なるものが、島の環境に癒されてなんとなく角が取れ落ちてきたとき、私はアメリカ行きを思い立ち島を出た。四十の手習いよろしくニューヨーク語学留学の準備をすべく帰郷し、準備の合間を見て弁開凧次郎を詳しく調べるうちに、江戸時代末期に同じオトシベコタンでイギリス領事館員によるアイヌ人骨盗掘事件があったのを知った。事件が発生したのは一八六五年十二月八日（慶応元年十月二十一日）、イカシバ（弁開凧次郎）が十八歳のときである。

一年弱の語学留学最中も、留学準備期間に集めた資料をもとにネットなどの検索機能を使い事件を調べた。この事件の裁判記録は道立文書館所蔵の「箱館奉行所文書」のデジタルアーカイブズで読むことができる。事件の概略はこうだ。

文化人類学研究の目的で盗掘された先祖の人骨を取り戻すため、オトシベコタンのアイヌたちは箱館奉行所に訴え出る。当時の箱館奉行・小出大和守秀実は出訴のあった即日イギリス領事館に乗り込み、イギリス領事ワイスを相手取り裁判を開始する。判決の履行を見るのは次期箱館奉行・杉浦兵庫頭誠の就任後となるが、結果的にイギリス人盗掘被疑者の断罪、遺骨の返還、アイヌ人への賠償が結審される。不平等条約における治外法権下の当時の日本では数少ない勝訴案件である。

この事件の存在を知ったとき、箱館奉行所の来歴すら知らなかった当時の私はかなりの衝撃を受けた。衝撃の余波に乗って箱館奉行というものを読み解こうと、田口英爾著『最後の箱館奉行の日記』(新潮選書)を紐解いたら、小出から引き継ぎを受け最後の箱館奉行となった杉浦も、雄藩官軍が東北を平らげ北上する難しい状況のなか、与えられた職責を命がけで全うしていた。

江戸時代の職制を考えれば、行政官であり司法官であり政治家でもある彼らの行動は、忠義とお家大事と武士道とに裏打ちされたものであって、当然現代の物差しで測ることはできず、たまたま具現化した一種の理想論である――現今の政治に何も期待してなかった当時の私はそう思っていた。というか、そう思おうとしていた。幕末明治維新という激動時の政治状況を知れば知るほど、現代との乖離が広がっていった。

いつしかそんなもやもやにも慣れ始めていたとき、東日本大震災が日本を襲った。

国内外から多くの弔意と励ましと義援金が寄せられた。だが、福島第一原発の炉心融溶を伴った震災は、復興の糸口さえ簡単には見いだせなくなっていた。お金を積み、被災者を励ましたところで、破壊され汚染された故郷は戻ってはこなかった。まさしく国難に陥ったのである。国が困難に陥ったとき、国民がなすすべなく悲嘆にくれたとき、巨額の資金を投じ即効の施策を講じることができるのは、かつて私が見限った「政治」しかなかった。もしいま小出奉行や杉浦奉行のような人材がいたらどう対処するのだろう、と考えても仕方のないことを日々考え、それとともに彼らの強靭さと自分の卑屈さとを比べるようになっていた。国内亡命者を気取っていた私を殴りつけ現実に引き戻した震災は、〈人はなんのために生きるのか〉という青臭い命題まで容赦なく突き付けてきた。

拙著『雪原に咲く』の構想が生まれたのはこのような状況の中だった。アイヌ人骨盗掘事件の裁判記録を基に、箱館奉行小出大和守の活躍と盗掘被害者イカシバとの交流を描く。実際に執筆を始めたのは構想から数年後であり、書きあがった直近に応募締め切りのあった講談社第十六回小説現代長編新人賞に応募し二次予選まで通過した。今回上梓したものはそのときのものを加筆修正したものである。

物語の構成上、作中に出てくるイギリス人は主に悪役として描かれている。しかしながら実際は、当時のイギリスは日本よりも遥かに進んだ人権意識を有しており、社会的ステイタスを持つ立場にもかかわらず保守派の名を隠れ蓑に人種的偏見を公然と発信する人間が目立つ昨今の日本と同じく、立場や個性によって人はさまざまだということ、舞台装置の一部としてそのような人物に光を当てなければならなかったということをご理解いただきたい。

また時代背景やアイヌ文化については、専門家に考証してもらったわけではないので若干の異同があるのは否めない。例えば、イカシバの妻チハが花かざりを作る記述について、かつてアイヌ集落の一部では「花で遊んではいけない」という習慣があったとのことだが、物語の舞台となっている北海道渡島あたりのコタンは古くから和人との接触が密であったため和人文化の流入が進んでいたこと、そして何よりも花かざりがこの作品の肝の部分になること等の理由で考証に拘わらず書き進めた。

この本は、主にビジネス書を扱う明日香出版社系列から自費出版という形で発行されている。近代以前の物語のため歴史的な知識が多少必要になってくるが、ストーリーの流れを阻害しない範囲で極力説明を加えたつもりである。なので、学生やビジネスマンなど広く一般の方々に読んでもらいたい。そして、物語の形でしか私が表現できなかった〈人はなんのために生きるのか〉という問いを一緒に考えていただけたら幸いである。

最後に、この本を出版するにあたり、父である不破俊輔と半世紀以上の交友を続けてくださっている明日香出版社相談役の石野誠一氏、このたび編集・校正を担当してくださった、私が大学生アルバイトの頃から友誼を結んでいただいているアスカ・エフ・プロダクツの浜田充弘氏、人生で初めての活字出版物発行の機会を与えてくれた不破俊輔氏、表紙などのイラストで小品に彩りを添えてくれた、妹で銅版画家の彼方アツコ氏、並びにその他関係者の皆様に感謝を申し上げるとともに、〈書かなければならない〉という使命感を私に与えてくれた、東日本大震災をはじめとする多くの災害で亡くなられた尊い命と、イカシバや小出のように〝生きること〟を貫いた偉大な先人たちとに、哀悼の意と心からのお礼を捧げます。

令和五年十二月某日

雪の札幌にて

【参考文献】

○北海道庁資料
・行政局文書課文書館――箱館奉行所文書

○書籍
・『アイヌ墳墓盗掘事件』みやま書房――小井田武
・『遭難始末』関西図書出版――歩兵第五連隊
・『村岡格』村岡潤一郎――阿部たつを
・『雪中行軍始末』津軽書房――小田原金一
・『アイヌ学入門』講談社現代新書――瀬川拓郎
・『アイヌの歴史　海と宝のノマド』――瀬川拓郎
・『杉浦梅潭　目付日記　箱館奉行日記』杉浦梅潭日記刊行会――小野正雄監修
・『最後の箱館奉行の日記』新潮選書――田口英爾
・『ニコライの日記―ロシア人宣教師が生きた明治日本』岩波文庫――ニコライ・カサートキン：著／中村健之介：訳
・『ハウカセの大きな石』北海道出版企画センター――不破俊輔

○郷土史
・『青森県史』――青森県

・『青森市史』――青森市
・『落部村郷土史』――山田種太郎
・『函館市史』――函館市
・『北海道史』――北海道
・『松前町史』――松前町
・『改訂版八雲町史』――八雲町

○全集・論文・雑誌その他資料
・『アイヌ語文法の基礎』大学書林――佐藤知己
・『あいぬ人物伝』平凡社――村上久吉
・『アイヌの工芸―ペンシルバニア大学考古学人類学博物館ヒラーコレクション』――社団法人北海道ウタリ協会
・『御所の松　弁開凧次郎と村岡格』――小泉武夫
・『ピリカ会関係資料の調査研究』――北海道立アイヌ民族文化研究センター

○新聞
函館毎日新聞　明治33年4月～6月
東京朝日新聞　明治33年5月～6月
北海朝日新聞　明治34年12月～明治35年1月
大阪朝日新聞　明治35年1月

東奥日報　明治35年1月〜2月

○図書館・資料館

国立国会図書館
国立公文書館　アジア歴史資料センター
防衛研究所戦史研究センター
東京都立図書館デジタルライブラリー
北海道立図書館
北海道立総合博物館
札幌市中央図書館
旭川市博物館
旭川北鎮記念館
函館市中央図書館
函館市中央図書館デジタル資料館
アウガ青森市民図書館
八雲町立図書館
森町図書館
八甲田山雪中行軍遭難資料館
札幌学院大学図書館

［著者］

不破　裕（ふわ・ゆう）

本名　田中裕一（たなか・ひろかず）

1970年、北海道滝川市に生まれる。慶應義塾大学文学部卒業後、父の経営する田中管工㈱に入社するも、2007年倒産。同年9月、沖縄県・竹富島に渡り水牛車ガイドとなる。2010年、ニューヨークの語学学校に通うため渡米。現地で東日本大震災の報に接する。同年末、故郷の北海道に戻り北海道議会議員事務所に入所。2019年7月の参議院議員選挙にて当該議員が当選したのを機に事務所を退所する。同年11月柏倉建設㈱に入社し、2022年9月まで勤務。現在は㈱アリヤス設計コンサルタントで総務営業に従事する。

【主な筆歴】

2004年　第84回オール讀物新人賞1次選考通過　題名『姿見ずの橋異聞』
2016年　第11回小説現代長編新人賞1次選考通過　題名『エポタラクル』
2020年　第2回京都文学賞1次選考通過　題名『鴨川今昔物語』
2021年　第16回小説現代長編新人賞2次選考通過　題名『雪原に咲く』
2022年　第17回小説現代長編新人賞1次選考通過　題名『ガール ミーツ サムライ』

小説「雪原に咲く」幕末アイヌ墓地盗掘事件始末

2024年3月31日　初版発行

著　者　不破　裕
発行者　奥本達哉
発　行　アスカ・エフ・プロダクツ
発　売　明日香出版社
〒112-0005 東京都文京区水道2-11-5
電話 03-5395-7650（代表）
https://www.asuka-g.co.jp
デザイン　太田公士
イラスト　彼方アツコ・たそのみい
編集・組版　夢玄工房
印刷・製本　株式会社フクイン

©Yu Fuwa 2024 Printed in Japan

ISBN978-4-7569-2322-6

落丁・乱丁本はお取り替えいたします。
内容に関するお問い合わせは弊社ホームページ（QRコード）からお願いいたします。